VICTORIA RAMSTETTER

Die Marquise und die Novizin

Übersetzung aus dem Amerikanischen

Susanne Amrain

DAPHNE VERLAG

Dee Louise Ruth Graham gewidmet,
deren Kraft, Liebe und Tapferkeit
unermeßlich sind.

VORWORT

Ich sah mich genötigt, "Die Marquise und die Novizin" zu schreiben, um meine eigenen, ganz persönlichen Bedürfnisse zu befriedigen. - Obwohl ich mich schon seit Jahren als lesbische Feministin bezeichne, habe ich doch noch so manche Leiche im Keller. Eine davon ist jene Sucht, der ich auf der High School verfiel (- als ich mich noch für asexuell hielt! -): die Lektüre von Schauerromanen. (= der englischen Gothic Novels des 18. und 19. Jahrhunderts, die meist auf Schlössern spielen, voll von rätselhaften Ereignissen und mysteriösen Figuren sind und so manchen schönen Schauder verursachen. - Anm. der Übers.) Nach meinem Coming Out als Lesbe und meinem zweiten Coming Out als Feministin las ich diese Bücher immer noch weiter, obwohl mir derartige Lektüre peinlich war, denn zu allem anderen studierte ich auch noch englische Literatur im Hauptfach und war nicht so dumm, diese Romane für große Kunst zu halten. - Trotzdem war irgend etwas Faszinierendes dran, weil ich mich sowohl mit dem finsteren, alles beherrschenden Schloßherrn wie mit der sanften und dennoch wagemutigen Gouvernante identifizieren konnte, - eine Faszination, die ich nicht verstand und der ich doch nicht entrinnen konnte. Ich brauche wohl nicht zu sagen, daß ich jedes verräterische Anzeichen meiner Sucht sorgfältig verbarg, - vor meinen Mitstudentinnen, vor meinen lesbisch-feministischen Freundinnen und vor meinen Geliebten. Ich versteckte meine liebsten Schauerromane hinter Büchern wie "Lesbian Nation" und "Sexual Politics" etc. - Als ich 1975-76 schließlich meine kompromißloseste separatistische Phase durchmachte, verbrannte ich eines Tages meine ganze Sammlung von heterosexuellen Schauerromanen - und litt danach an ziemlich schweren Entzugserscheinungen.

Mehrere Jahre lang spielte ich mit dem Gedanken, einen lesbischen Schauerroman mit feministischem Einschlag zu schreiben; ich machte Notizen, schrieb einzelne Kapitel und verbrachte schließlich während eines ganzen Jahres den größten Teil meiner Freizeit damit, den Roman zu verfassen.

Ich bin sehr dankbar für die furchtlose emotionale und

praktische Unterstützung, die ich bekam, als ich das Buch schrieb, von Phebe Komorkis Bloodroot (- dem süßesten KV diesseits des Mill Creek -), Dee L. R. Graham (der ich für alles danke, besonders aber dafür, daß sie mir ihre elektrische Schreibmaschine geliehen hat), Maggie Leon, Jay Williams, Emma Cassandra, Susan E. Hull, Deborah "Snickers" Arapa, Nick Radel, Marie Dennis, Deborah Powers, Brenda Richardson, Laura, Karen, The Coven of the Waxing Crescent und der Cincinnati Lesbian Community. Für Kritik und Gelächter bin ich dem Rosebuddy Circle auf ewig verpflichtet, und ich möchte die Gelegenheit ergreifen, um Carolyn Dellenbach für alles zu danken, was sie und ihr "Crazy Ladies Bookstore" für die Cincinnati Wimmin tun. Besonderen Dank an Milly (Kumpel meines Herzens) Gleckler für ihre ansteckende Lebensfreude, Barbara Grier für ihre Ermutigung und Dank an meine Familie.

Und schließlich möchte ich all jenen Frauen danken, die sich dieselben Kapitel wieder und wieder angehört und mich kein einziges Mal entmutigt haben!

Victoria Ramstetter
Cincinnati 1980

PHOTO by MARY LYNN BARBER

Anmerkung der Übersetzerin:

Victoria Ramstetter hat "Die Marquise und die Novizin" stilgerecht im altertümlichen Englisch der 'Gothic Novels' des 19. Jahrhunderts verfaßt, und ich habe mich bemüht, ihre Schreibweise in ebenso altertümlichem Deutsch wiederzugeben.

DIE MARQUISE UND DIE NOVIZIN

1. KAPITEL

Meine erste Begegnung mit der Marquise de Rochelle werde ich niemals vergessen. Es war an einem klaren, warmen Tag im April - und zufällig an meinem Geburtstag - als ich im Schloß der Marquise eintraf, wo ich mich wegen einer zeitweiligen Anstellung als Gouvernante ihres Sohnes vorstellen sollte. Zwei Nonnen aus dem Kloster Notre Dame des Cerises hatten mich begleitet, Soeur Marie Anne und Soeur Berthe Marie.

Mein Besuch erfolgte auf eine Einladung hin, die die Marquise an Soeur Marie Claire, die Mutter Oberin meines Klosters geschickt hatte. Die Marquise hatte sie gebeten, ihr bei der Suche nach jemandem behilflich zu sein, der sowohl Französisch wie Englisch fließend sprach und ihren sechsjährigen Sohn ungefähr acht Monate lang unterrichten könnte. Sie selbst war in England zur Schule gegangen und war entschlossen, ihren Sohn auf ein englisches Internat zu schicken, sobald er die Sprache beherrschte.

An jenem Tag ahnte ich nicht, daß ich der Frau gegenübersaß, deren Entscheidung, mich zu engagieren, mein ganzes Leben verändern würde. Während sich meine Anstandsdamen in einen Imbiß mit Wein und winzigen Kuchen teilten, bedachte ich meine schwierige Situation und sann darüber nach, warum mir der Brief der Marquise wie die Antwort auf meine flehentlichen Gebete erschienen war.

Meine Eltern, die beide irische Schauspieler sind, hatten mich im Alter von vierzehn Jahren in die Klosterschule von Notre Dame des Cerises gegeben. Nun, fünf Jahre später, waren sie noch immer der unerschütterlichen Überzeugung, daß ein Leben im Dienste Gottes meine wahre Bestimmung sei. Ich aber hatte schon vor einem Jahr die normale Schulzeit beendet und konnte mich noch immer nicht dazu entschließen, eine 'Braut Christi' zu werden, obwohl viele der Nonnen einen heimlichen Druck auf mich ausübten, mich ihnen zuzugesellen.

Soeur Marie Claire aber wußte sehr wohl, daß ich zögerte, mich einem Leben des Schweigens und der Selbstlosigkeit zu verpflichten, und als der Brief der Marquise eintraf, kam sie sogleich zu mir und schwenkte triumphierend das Schreiben. Sie drängte mich, den Posten als Gouvernante des Erben dieser

Dame anzunehmen, damit ich Zeit fände, meine Entscheidung zu bedenken und keinen übereilten Entschluß faßte.

Außerdem hatte ich den Verdacht, daß sie, was meine religiösen Neigungen betraf, einige versteckte Zweifel hegte, - obwohl ich meinem Ruf, das ärgste disziplinarische Problem in der Geschichte der Klosterschule zu sein, längst entwachsen war. In den vergangenen Jahren hatte ich nach und nach gelernt, mich in die tröstliche Welt der Bücher und des Studiums zurückzuziehen. Ich war mir meiner eigenen Verwirrung über meine Zukunft schmerzlich bewußt und stimmte mit meiner Mentorin Soeur Marie Claire darin überein, daß die Stellung, welche die Marquise anbot, mir gerade zur rechten Zeit jenen Abstand ermöglichte, dessen ich so sehr bedurfte.

So kam es, daß zwei ältliche Nonnen und ich in einem kleinen Wagen, der von unserer alten braunen Mähre gezogen wurde, vom Kloster Notre Dame des Cerises einige fünfzehn Meilen gefahren waren. Obwohl wir lange vor Sonnenaufgang aufgebrochen waren, stand die Sonne doch schon hoch am Himmel, als wir endlich vor dem Schloß der Marquise anlangten. Ich erinnere mich, wie beeindruckt wir von der langen Auffahrt waren, die sich von der Hauptstraße bis zum Schloß hinzog. Die Vielfalt der Blumen, an denen wir vorüberkamen, konnten wir bald schon nicht mehr erfassen. Jede Farbe des Regenbogens war da vertreten und spiegelte das Licht der Sonne in glänzenden Schattierungen. Die Schönheit der Szenerie blendete uns. Das Haus der Marquise war aus rosenfarbenem Stein gebaut und vom Grün der Wälder und Wiesen mit ihren zahllosen Blumen umgeben. Später sollte ich erfahren, daß das Land der Marquise gehörte, soweit mein Auge reichte.

Soeur Marie Claire hatte mich davon überzeugt, daß das Vorstellungsgespräch bei der Marquise eine reine Formalität sein werde. Sie hatte mir versichert, es gebe keinen Grund, warum die Aristokratin mich nicht engagieren sollte, da ich doch durch das Kloster empfohlen worden war. Im Angesicht der einschüchternden Zeugnisse ihrer Macht und ihres Reichtums aber wurde ich dennoch ein wenig ängstlich.

Unsere behelfsmäßige Kutsche hielt vor dem Haupteingang des Gebäudes. Als ich mich umwandte, um den beiden älteren Frauen beim Aussteigen zu helfen, zitterte ich ein wenig. Während ich den Staub von meinem besten grauen Kleid schüttelte, erschien wie aus dem Nichts ein Stallbursche und führte unseren traurigen kleinen Gaul hinweg, um ihn mit Wasser und Hafer zu laben. Schwester Marie Anne klopfte an die große

Tür, und ich versuchte, die widerspenstigen roten Locken zu bändigen, die sich immer wieder unter meiner Kapuze hervorstahlen. Bevor wir an diesem Morgen aufgebrochen waren, hatte ich mir etwas Mehl ins Gesicht gerieben, um meine Sommersprossen zu überdecken; ich hatte gehofft, auf diese Weise die Illusion von Alter und Reife hervorzurufen, doch ich fürchtete, daß die lange Fahrt meine Tarnung zunichte gemacht hatte. Eine Frau - die Verwalterin, wie ich annahm - empfing uns und führte uns den langen Korridor hinunter zum Arbeitszimmer der Marquise. Wir kamen an einem Spiegel vorbei, und ich war entsetzt über mein Aussehen: mein Gesicht wies Streifen feinen weißen Staubs auf, meine Nase war von der Sonne schrecklich verbrannt und meine Augen schienen viel zu groß für mein Gesicht. Ich sah kaum älter aus als eine Sechzehnjährige. Doch es fand sich keine Gelegenheit mehr, die Verwüstungen zu beseitigen, welche die Reise angerichtet hatte, denn schon führte uns die Verwalterin durch zwei riesige Türen und meldete mit entschiedener Stimme unsere Ankunft. "Madame la Marquise, die Klosterfrauen sind eingetroffen." Sie zog sich sogleich wieder zurück, und ich blickte mich nach der Frau um, zu der sie gesprochen hatte.

"Enchantée." Bevor ich sie wirklich sah, hörte ich ihre wunderbare Stimme. Ich blinzelte in ihre Richtung, denn sie stand direkt im Sonnenlicht, das durch die Fenster hereinströmte. Sie kam uns entgegen und geleitete die Nonnen zu ihren Stühlen, auf welchen sie nur zu bereitwillig Platz nahmen. Meine Freundinnen sanken in die weichen Kissen, während ich neben dem dritten Stuhl stehenblieb und die Marquise unverwandt betrachtete. Etwas verwirrt erwiderte sie meinen Blick, bis ich sagte, "Bitte verzeihen Sie, daß ich Sie so anstarre, aber in Ihnen begegne ich der ersten Frau, die ebenso groß ist wie ich selbst."

"Es ist eine gegenseitige Entdeckung",murmelte sie. Sie bedeutete mir, mich zu setzen und nahm selbst ihren Platz hinter dem großen Eichentisch ein. Meine Freundinnen waren schon während der Vorstellungzeremonie vom Anblick des Weins und der süßen Kuchen wie gebannt gewesen, die die Marquise fürsorglich hatte bereitstellen lassen. Jetzt nahmen sie die Kuchen herzhaft in Angriff, bis kein Krümelchen mehr übrig war, und nachdem sie ihre Weinbecher geleert hatten, schmiegten sie sich in ihre Sessel und begannen in schöner Harmonie zu schnarchen. Die Marquise de Rochelle blickte mit unverhohlenem Amüsement in die friedlichen Gesichter meiner Freundinnen.

"Mademoiselle Torn", begann sie, "es gibt viele Gründe für meinen Wunsch, Raoul eine englische Gouvernante zu geben." -Da sie einen Augenblick innehielt, versuchte ich meinen Ärger zu verbergen: ich hatte in Frankreich noch niemals jemand getroffen, der meinen Nachnamen - Thorn - korrekt aussprach. Die Marquise war hierin keine Ausnahme. Ich machte mir inzwischen nicht mehr die Mühe, die falsche Aussprache zu korrigieren und verschwendete meinen Atem auch nicht mehr darauf, Franzosen den Unterschied zwischen England und Irland begreiflich werden zu lassen. Nichtsdestoweniger war ich doch heimlich entrüstet darüber, daß die Marquise beide Fehler in einem einzigen Satz machte.

Als die Marquise nun begann, vieles von dem zu wiederholen, was sie bereits in ihrem Brief an Soeur Marie Claire geschrieben hatte, versuchte ich, ihr aufmerksam zuzhören, doch ich vernahm kaum ein Wort von dem was sie sagte, denn ich war so vollkommen von ihr bezaubert, daß ich sie nur ehrfürchtig anstaunen konnte. Es war mir ganz unmöglich, die Augen von ihr zu wenden, denn die Marquise war nicht nur die größte Frau, die ich je gesehen hatte, - sie war auch die schönste. Ich war viel zu entzückt von ihr, als daß ich lange hätte ärgerlich bleiben können.

Sie trug ein dunkelblaues Jackett und einen dazu passenden Rock aus dem gleichen Material. Später sollte ich herausfinden, daß alle ihre Kleider vom besten Pariser Schneider angefertigt wurden. Das Kostüm, welches sie an jenem Tage trug, war von einem Schnitt, der eben erst in Mode kam, eng anliegend und von tadellosem Sitz. Ihr dunkles Haar war straff aus dem Gesicht gestrichen und tief im Nacken zu einem großen, geflochtenen Knoten gewunden. Ihre Bluse war aus blaßblauem Crêpe de Chine, und die weiche Farbe zeigte mir, daß ihre Augen, die auf den ersten Blick ebenso dunkel gewirkt hatten wie ihr Haar, in Wahrheit von einem ungewöhnlich dunklen Blau waren. Sie schimmerten wie Saphire unter ihren gebogenen dichten schwarzen Wimpern hervor. Mein Blick wanderte über die schmale, gebogene Nase, die hohen Wangenknochen, den vollen, sinnlichen Mund und über das starke, aber feinknochige Kinn. Vielleicht am fesselndsten aber war die makellose Vollkommenheit ihrer cremefarbenen Haut. Wehmütig dachte ich an meinen eigenen Teint, der von zahllosen Sommersprossen gesprenkelt war.

Geistesabwesend blickte ich auf ihre Hände und bemerkte mit Erstaunen, daß ihre Nägel so gepflegt und kurzgeschnitten waren wie die eines eleganten Mannes oder einer Nonne. Wirklich schienen ihre Hände nicht zu ihrem Körper zu passen. Sie waren zu groß, um als zierlich und zu stark, um als weiblich zu gelten. Die Marquise spielte mit einem kristallenen Briefbeschwerer, und ich bildete mir ein, ihre Hände müßten stark genug sein, auch das härteste Metall nach ihrem Willen zu biegen. Es überraschte mich nicht, daß sie als einzigen Schmuck einen schmalen goldenen Siegelring trug. Mein Gefühl sagte mir, daß sie einen einfachen, aber teuren Geschmack besaß.

Ich war so in die Entdeckung der undamenhaften Hände der Marquise vertieft, daß ich es gar nicht bemerkte, als sie zu sprechen aufhörte. Nach einem - wie mir später bewußt wurde - ziemlich langen Schweigen erriet ich, was geschehen war und wagte einen flüchtigen Blick in ihr Gesicht: sie lächelte nicht. Die Nonnen schlummerten noch immer, und die Marquise betrachtete mich lange durch halbgeschlossene Lider. Die Stille wurde nur durch das dezente Schnarchen meiner Begleiterinnen unterbrochen - und schließlich durch die brüske Frage der Marquise: "Sind Sie taub?". Sie beugte sich über den Tisch und erwartete meine Antwort.

"Nein", entgegnete ich errötend und zuckte hilflos mit den Schultern.

"Haben Sie überhaupt ein Wort von dem verstanden, was ich sagte, Mademoiselle Torn?", fragte sie in eisigem Flüsterton.

Ich versuchte, eine Entschuldigung vorzubringen und geriet dabei ins Stottern. Die Marquise seufzte und wiederholte mit letzter Geduld, was sie soeben über ihre Erwartungen an eine Gouvernante gesagt hatte. Diesmal wagte ich nicht, sie anzusehen und blickte stattdessen auf meine eigenen, häßlichen Fingernägel, an denen ich - mit neunzehn Jahren! - noch immer so lange herumnagte, bis sie bluteten. Die Marquise erklärte, daß ich bereit sein müsse, wenigstens acht Monate, vielleicht auch ein Jahr zu bleiben, wenn ich die Stelle annahm, die sie mir bot. Sie war sicher, daß es keiner längeren Zeit bedürfen werde, um ihren Sohn perfektes Englisch zu lehren. Wie sie mir sagte, beherrschte er die Grundbegriffe der Sprache bereits, da sie selbst häufig mit ihm Englisch sprach. An dieser Stelle setzte sie die Konversation in makellosem Englisch fort.

"Was Raoul fehlt", sagte sie trocken, "und was ich weder die Geduld noch die Neigung habe ihn zu lehren, sind die wesentlichen Gesetze der Grammatik."

All ihre Bedingungen schienen mir nur zu leicht erfüllbar, und als sie mein Gehalt nannte, fand ich es von astronomischer Höhe. Ich sagte ihr, daß es mir, gemessen an meiner so wenig anspruchsvollen Aufgabe, als ein unverhältnismäßiges Salär erschiene, doch da unterbrach sie mich und tat meinen Protest mit einer kurzen Handbewegung ab. "Keine Widerrede", mahnte sie, "glauben Sie mir, Sie werden sich jeden Sou davon verdienen müssen. Raoul ist alles andere als ein Musterknabe."

Ich überlegte gerade, wann ich meinen zukünftigen Schützling wohl zu Gesicht bekommen würde, als jemand an der Tür scharrte. Die Marquise rief "Entrez!".

Meine beiden Begleiterinnen erwachten eben rechtzeitig, um mit Raoul de Rochelle bekannt gemacht zu werden, der der Aufforderung seiner Mutter folgte und eintrat. Er sah aus wie eine Kleine-Jungen-Version der Marquise, mit einem Glorienschein dunkler Locken und denselben schwarzblauen Augen. So selten die Marquise lächelte, so oft tat es Raoul - und gewann fast augenblicklich mein Herz. Die Marquise stellte mich ihrem Sohn als seine "neue Gouvernante" vor und fügte mit einem verschmitzten Seitenblick in meine Richtung hinzu, "Falls Mademoiselle Torn akzeptiert."

Soeur Berthe Marie und Soeur Marie Anne strahlten über das ganze Gesicht über dieses "erfolgreiche Vorstellungsgespräch", wie sie es später oft nennen sollten und deuteten mit zarten Gesten an, daß sie nun zum Aufbruch bereit waren. Ich war einen Augenblick lang unschlüssig und bemerkte mit leiser Furcht, wie mich die Marquise unter ihren gesenkten Lidern heimlich beobachtete. Als ich zögerte, legte Raoul seine winzige Hand in die meine und sah mit einem fast hungrigen Ausdruck zu mir auf. Dieser Blick besiegelte meinen Entschluß. Ich lächelte erst ihn an, dann seine Mutter. "Danke", sagte ich leise. "Wann erwarten Sie mich?"

Meine Freundinnen klatschten vor Erleichterung fast in die Hände. Raoul tat es wirklich, und seine Mutter erwiderte mein Lächeln auf eine Art, daß mein Herz auf die magnetische Eigenart ihrer Schönheit mit einem scharfen Ruck reagierte. "Wann können Sie bereit sein?" fragte sie mit ruhiger Stimme.

Soeur Marie Anne antwortete an meiner Stelle: "Sie wird übermorgen hier sein." Soeur Berthe Marie erklärte sich nikkend einverstanden, und beide gingen zur Tür. Ich war so berauscht von allem, was sich ereignet hatte, daß ich mich kaum mehr daran erinnern kann, wie ich benommen hinter ihnen dreintrottete. Mutter und Sohn folgten uns zur Auffahrt und riefen uns ein fröhliches "Au revoir" nach, als die Nonnen und ich in unseren kleinen Wagen stiegen und anfuhren.

Auf dem ganzen Rückweg gratulierten Soeur Berthe Marie und Soeur Marie Anne einander gegenseitig zu dem vorteilhaften Ausgang, den "ihr" Gespräch genommen hatte. Doch ich schwieg fast die ganze Fahrt über und war auch während der nächsten achtundvierzig Stunden ungewöhnlich still.

Das letzte Abendessen im Kloster war von bemerkenswerter Scheußlichkeit. Der Haferbrei - auch sonst nie schmackhaft - hatte heute das Aroma und die Beschaffenheit von ranziger Schleimsuppe. Zu der Enttäuschung über das Abendessen trat noch das im Kloster streng eingehaltene Schweigen, das ich als vierzehnjähriges Kind so tröstlich gefunden hatte und das jetzt an meiner Seele nagte. Ich tat alles, was man von mir erwartete, jedoch mit dem Enthusiasmus einer Schlafwandlerin, und die friedlichen Gesichter meiner betenden Gefährtinnen zerrten an meinen Nerven. Ich verbrachte Stunden verloren in einer anderen Welt, und eine dunkle, mir vage bekannte Erregung übte eine verheerende Wirkung auf meinen Magen und mein Denkvermögen aus. Ich war gereizt und ärgerlich und widerspenstig, weil der alltägliche Trott des Klosters das 'joie de vivre' einengte, welches ich eben zu entdecken im Begriff stand. Mir war, als wäre meine Seele aus ihrem sicheren Schlupfwinkel vertrieben und rasselnd in einen seltsamen, neuen Tunnel hineingestoßen worden, und ich besaß keine Vorstellung davon, wo ich hingeraten würde und ob ich jemals wieder in mein sicheres Versteck zurückkehren konnte.

Meine letzte Nacht im Kloster Notre Dame des Cerises verbrachte ich schlaflos. Ich lag wach und durchlebte noch einmal die vielen bitteren Augenblicke meines Lebens, in denen ich nichts anderes hatte tun können als zu weinen oder meine Seele von meinen Empfindungen abzutrennen. Da war die Zeit vor einem Jahr, als die kleine Patrice Duval in den Armen von Soeur Marie Claire starb. Ich sah die blasse, durchscheinende Haut des Kindes vor mir, als wäre es erst gestern gewesen, daß sich die Prophezeiung des Arztes erfüllte. Patrice hatte die zwölf Jahre ihres kurzen Lebens mit der Kraft eines schwachen Zweigleins und der traurigen Sanftmut der Verlorenen hingebracht. Ich, als einziges Kind immer einsam, hatte Patrice als mein kleines Schwesterchen adoptiert, und ihr Tod traf mich, obwohl er nicht unversehens kam, im Innersten. Nur das unfehlbare Heilmittel des Lebens, die Zeit, hatte meinen Kummer nach und nach besänftigt.

Dann dachte ich daran, wie ich meine Eltern zum letzten Mal gesehen hatte. Das war ein wirklich schrecklicher Tag gewesen. Während der Überfahrt litten wir alle drei unter den unerfreulichen Wirkungen der Seekrankheit. Wir waren entzückt, als wir der Enge unserer Kabine endlich entfliehen konnten und mit noch unsicheren Füßen den fruchtbaren Boden Frankreichs betraten, welches meine Mutter stets das "leidenschaftlichste aller Länder" nannte. Doch wir reisten nicht nach Paris, sondern fuhren eiligst zum Kloster Notre Dame des Cerises, wo mich meine Eltern nach einer übertriebenen, schauspielerisch jedoch makellosen Demonstration schmerzlichen Bedauerns zurückließen. Sie verweilten sich keine Stunde länger, sondern machten sich schnell auf den Weg nach Paris, um sich dort einige Tage zu amüsieren, bevor sie wieder nach Irland und zu ihren Theaterkarrieren heimkehrten. Bevor sie mich verließen, sprachen sie freimütig von ihren heiteren Plänen für den Pariser Aufenthalt, und obwohl mit jedem Beweis ihrer grausamen Gleichgültigkeit ein Teil von mir starb, hütete ich mich doch, ihnen Widerstand entgegenzusetzen. Seit meiner Geburt war mir bewußt gewesen, daß ich für meine Eltern wenig mehr bedeutete als ein lästiges, überzähliges Gepäckstück auf ihren Reisen. Als Kind hatte ich sehr bald gelernt, daß sie mich jedesmal, wenn mein Temperament mit mir durchging und ich einen Wutanfall bekam, um ihre Aufmerksamkeit zu erregen, zu meiner Großmutter mütterlicherseits nach Nordirland schickten, wo mich eine ganze Horde von Cousinen und Cousins erwartete. Dieses Spiel hatten meine Eltern und ich jahrelang gespielt: meine Widerspenstigkeit wurde ihnen lästig, und sie schickten mich fort zur Großmutter, bis ihr schlechtes Gewissen oder eine verschwommene Art von Liebe, die sie für mich empfanden sie dazu brachte, mich zurückzuholen. An jenem Tag aber, da sie mich im Kloster am Rande der kleinen Stadt Pomme ablieferten, wußte ich, daß ich sie vielleicht nie wiedersehen würde.

War ich damals traurig darüber gewesen? Ich war wütend, weil sie ohne mich nach Paris gingen und weinte die ganze Nacht bitterlich. Aus den Tagen wurden Wochen; die Nonnen und die anderen Schülerinnen näherten sich mir, doch ich weigerte mich, mit ihnen zu sprechen, außer um häßliche und abweisende Entgegnungen hervorzustoßen. Ich beantwortete ihre Freundlichkeit mit mürrischer Selbstsucht, war grob und ließ mich gehen. Doch nachdem ich ein halbes Jahr im Kloster gelebt hatte, durchbrach ein Mädchen meinen Schutzwall der

Abwehr. Lisel fand zur rechten Zeit das richtige Wort, und all meine bisher ungeweinten Tränen flossen nun in Strömen. Lisel war eines von den älteren Mädchen, und ich erinnere mich, daß ich die weiche Rundung ihrer kleinen Brüste unter meiner nassen Wange fühlte, als sie mich fest an sich drückte. Lisel wiegte unsere umschlungenen Leiber hin und her, während ich die Geschichte meines Unglücks hervorschluchzte. Sie sagte mir, es sei unsinnig zu glauben, daß ich nicht liebenswert sei, nur weil meine Eltern mir nie das Gefühl gegeben hatten, wirklich geliebt zu werden. S i e liebte mich, erzählte sie mir, die anderen Mädchen, die Nonnen und Gott liebten mich. Nach und nach hörte ich auf zu weinen, schluchzte nur noch hie und da auf, und schließlich lächelte ich. - In Lisels Armen fand ich die Geborgenheit des klösterlichen Lebens, und durch ihre Freundschaft erfuhr ich viel über mein eigenes Wesen. Ich entdeckte zu meinem Erstaunen, daß es mir sehr leicht gelang, Freundinnen zu gewinnen. Lisel und ich waren drei Jahre lang unzertrennlich, - und wie oft mußten wir dem Priester beichten, daß wir das Schweigegebot gebrochen hatten!

Während ich an Lisel dachte, empfand ich wieder den furchtbaren Kummer, den es mir bereitet hatte, als sie uns vor zwei Jahren verließ, um nach Deutschland ins Haus ihrer Eltern zurückzukehren. Wieder sah ich Lisels Gesicht vor mir, wie ich es bei unserem Abschied durch meine Tränen gesehen hatte, - ebenso naßgeweint wie meines und ebenso schön in der Verzweiflung, die wir teilten. Während des darauffolgenden Jahres hatte ich ihr wohl fünfhundert Briefe geschrieben, doch sie antwortete niemals. Ich fühlte, sie mußte eine andere Freundin gefunden haben. Manchmal fragte ich mich auch, ob sie vielleicht geheiratet hatte - bei dem Gedanken verzogen sich meine Lippen vor Verachtung und mein Magen zog sich in einem Gefühl zusammen, das ich nicht definieren konnte. Nachdem Lisel gegangen war, hatte mich nurmehr meine neue Freundschaft mit der sterbenden Patrice getröstet.

Während meiner letzten Nacht im Kloster hielt ich meinen steifen und angespannten Körper umschlungen, gequält von der Schlaflosigkeit, die durch solche düsteren und mißtönenden Erinnerungen an vergangene Abschiede hervorgebracht wird.

Am nächsten Tag packte ich den Rest meiner mageren Habseligkeiten zusammen, nahm von all meinen lieben Gefährtinnen Abschied und weinte dabei so sehr, daß sie mich schalten und verspotteten: "Du beträgst Dich ja, als solltest Du uns nie wiedersehen. Dummes Mädchen, wir werden Dich bis zu Deiner

Rückkehr in unsere täglichen Gebete einschließen. Und ganz gewiß wirst Du doch zum Fest Unserer Lieben Frau hier bei uns sein. Und nun lächle wieder!"

2. KAPITEL

Als ich bemerkte, wie meine Neugier auf mein künftiges neues Zuhause und alle seine Bewohner wuchs, hörte ich bald auf, den Abschied von meinen Freundinnen zu betrauern. Bei meinem kurzen Zusammentreffen mit Raoul war mir nicht das schwierige Kind entgegengetreten, auf das seine Mutter angespielt hatte, sondern ein sanfter, recht einsamer kleiner Junge. Meine Reaktionen auf die Marquise waren zwiespältiger. Zuweilen wurde mein Eindruck von ihr von ihrem Reichtum und ihrer Macht gänzlich überlagert. Dann wieder war ich davon überzeugt, in ihr ein Geschöpf erblickt zu haben, das ebenso einsam wie schön war. Ich hatte die Empfindung, daß sich trotz des amüsierten Lächelns, welches so oft auf ihrem Gesicht lag, in der Tiefe ihrer Augen ein dunkler und unsäglicher Kummer verbarg.

Zwei Tage nach meinem ersten Besuch näherte ich mich wieder dem rosenfarbenen Schloß. Ich war erfüllt vom Selbstvertrauen der Jugend und von vielen Vorsätzen zu guten Taten, die ich zu vollbringen gedachte. Diesmal begleiteten mich Soeur Marie Claire und Soeur Thérèse. Sie saßen vorn auf dem Wagen und schwatzten miteinander, während ich mich hinter ihnen auf meinem Gepäck zusammenkauerte. Ich entzog mich all ihren Versuchen, mich in ihre Unterhaltung über die Planung des neuen Klostergartens einzubeziehen, denn ich war damit beschäftigt, jene Vorhaben zu überdenken, die meinen Aufenthalt auf dem Schloß betrafen: ich war entschlossen, Raouls seelische Entwicklung ebenso zu fördern wie seine geistigen Bestrebungen. Auch wollte ich die Freundschaft des so offensichtlich einsamen kleinen Jungen gewinnen und ihm nahebringen, daß das Lernen ein intellektuelles Abenteuer sein konnte. Was seine Mutter anging, stellte ich mir vor, daß ich mir durch meine souveräne Handhabung der Unterrichtung ihres Sohnes zunächst ihre Bewunderung verdienen würde, und danach würde ich durch meine geistreichen Bemerkungen und mein vornehmes Betragen sicherlich ihr Vertrauen und ihre Freundschaft erringen.

Als wir von der Hauptstraße bereits auf die lange sich hinziehende Schloßzufahrt abgebogen waren, hörte ich plötzlich galoppierende Pferdehufe. Soeur Marie Claire hielt unseren kleinen Karren mitten auf dem Weg an. Wir blickten uns um und sahen einen schwarzgekleideten Reiter auf einem wundervollen schwarzen Pferd über das Feld auf uns zukommen. Pferd und Reiter hielten genau vor uns an, und sogleich erkannte ich die unwiderstehlich hochmütige Haltung der Marquise. Sie ritt nicht im Damensattel, wie es die Sitte eigentlich gebot, sondern im Herrensitz, wie auch ich es in den Hochtälern Irlands gelernt hatte. Ihr Blick wanderte müßig über meine Begleiterinnen und blieb schließlich an mir haften. Ich hatte mich zusammengekauert und hoffte, sie würde mich nicht sehen. Sie aber lächelte mir gerade in die Augen. Dann murmelte sie eine Entschuldigung an die beiden Nonnen. "Ich hoffe, ich habe Ihr kleines Pferd nicht erschreckt." Sie machte sich nicht die Mühe, sich vorzustellen, sondern flüsterte ihrem Pferd etwas zu und war fort, - sie flog über die Felder jenseits des Weges. Die Nonnen hielten sie für einen Straßenräuber, und ich widersprach ihnen nicht. Sie bekreuzigten sich und dankten Unserer Lieben Frau für den Schutz, den sie uns gewährt hatte.

Als wir vor dem Haupteingang angekommen waren, trugen einige Diener mein Gepäck in die Halle. Die Frau, die ich schon vor zwei Tagen gesehen hatte, kam heraus und stellte sich als Mademoiselle Dupont, die Verwalterin vor. Soeur Marie Claire bat, die Marquise einen Moment sprechen zu dürfen, bevor sie sich auf den Rückweg zum Kloster machte, doch Mademoiselle Dupont schüttelte den Kopf und sagte, das werde nicht möglich sein. Als die Nonnen sie verwundert ansahen, erklärte sie, "Madame la Marquise ist nicht zuhause."

So blieb mir nichts übrig, als meinen Begleiterinnen Lebewohl zu sagen und ihrem kleinen Wagen nachzusehen, bis er hinter einer Wegbiegung verschwand. Als ich mich wieder zum Schloß wandte, bemerkte ich zu meinem Erstaunen, daß Mademoiselle Dupont mich mit harten, forschenden Augen betrachtete. Schnell senkte sie den Blick und sagte freundlich, "Kommen Sie mit mir, Mademoiselle." Sie geleitete mich in die Eingangshalle, und ich fragte mich, ob ich mir ihren kalten, abschätzenden Blick nur eingebildet hatte, denn sie schien mir von aufrichtiger Freundlichkeit zu sein, als sie mich mit einem jungen Mädchen, Danielle, bekannt machte, das kaum ein oder zwei Jahre älter sein konnte als ich selbst. Danielle lächelte mich mit solcher Wärme an, daß ich mich in ihrer Gegenwart gleich wohlfühlte. Sie musterte mein von der Reise etwas derangiertes Äußeres, verlor jedoch nichts von ihrer Freundlichkeit. Ich beneidete sie um ihre saubere, adrette Erscheinung und ihre ordentlich aufgesteckten blonden Locken.

Mademoiselle Dupont trat von einem Fuß auf den anderen, runzelte leicht die Stirn und sprach dann weiter: "Danielle wird Sie auf ihr Zimmer bringen, Mademoiselle. Wenn Sie irgendetwas benötigen, bitte fragen Sie Danielle. Sie reinigt auch Ihr Zimmer ..." Danielle winkte mir, ihr die Treppe hinauf zu folgen, und Mademoiselle Duponts Stimme verhallte.

Oben angekommen wandten wir uns nach links, folgten einem langen Flur und stiegen eine weitere Treppe hinauf. Diese war viel schmaler als die erste und führte zu einem ebenso schmalen Flur. Ich fragte Danielle, ob dies der Dienstbotentrakt sei, und sie bestätigte es. Ich fühlte, daß sie uns durch ein geheimes Band geeint glaubte: das Band derjenigen, die anderen dienen. Am Ende des Flurs stieß sie eine Tür auf, und ich stellte überrascht fest, daß meine Koffer nicht in dem Zimmer waren. Auch Danielle war verwirrt; sie durchsuchte den kleinen Schrank und sah unters Bett - nichts. Einige Augenblicke standen wir da und stellten uns dieselbe Frage, bis Mademoiselle Dupont - eine zwar sehr agile, aber doch schon etwas ältere Dame - keuchend ins Zimmer trat.

Sie stützte sich auf Danielle, um wieder zu Atem zu kommen. "Ich bin diese Treppen nicht mehr gewohnt", erklärte sie. "Madame la Marquise hat beschlossen, Mademoiselle auf der ersten Etage unterzubringen, im Blauen Zimmer", sagte sie zu Danielle. - Die beiden tauschten einen kurzen, seltsamen Blick.

"Ich werde sie hinunterbringen", sagte Danielle zu Mademoiselle Dupont, als diese das Zimmer verließ. Sie antwortete nicht und ging den Flur entlang zur Treppe.

Das Blaue Zimmer war viel größer als das erste Zimmer im oberen Stockwerk; es hatte riesige Fenster, die es noch grösser erscheinen ließen, und dieser Raum, den mir die Marquise in letzter Minute angewiesen hatte, war weit eleganter als der im Dienstbotentrakt, mit blaßblauen Draperien und einem blauen Veloursteppich. In diesem Raum, der so offensichtlich für eine Dame von Stand eingerichtet war, wirkten meine abgestoßenen Koffer gänzlich deplaziert. Danielle teilte mir mit, die Suite der Marquise befinde sich auf derselben Etage, allerdings am anderen Ende des langen Korridors.

Obwohl es mir ein wenig peinlich war, konnte ich Danielle doch nicht davon abbringen, mir beim Auspacken zu helfen. Meine Garderobe bestand aus zwei grauen und zwei braunen

Kleidern und dem leichten, weißen Sommerkleid, welches ich an diesem Tag trug. Nachdem Danielle und ich meine Kleider und Bücher ausgepackt hatten, zögerte sie, als wollte sie mir noch etwas sagen. Ich bat sie, sich einen Moment zu setzen und mir von sich zu erzählen, und sie folgte dieser Einladung so eifrig, als hätte sie darauf gewartet.

"Oh, Mademoiselle", flüsterte sie, "ich bin froh, daß Monsieur Raoul eine so wunderbare Lehrerin bekommt." Ihr naives Vertrauen in meine Fähigkeiten rührte mich, und ich sagte ihr, wie glücklich ich war, hier zu sein. Ich ermutigte sie, über sich selbst und ihr Leben im Schloß zu sprechen, und schließlich begann sie, auch von der Marquise zu erzählen. "Ich bin jetzt vier Jahre hier", sagte sie leise, "aber nicht viele Mädchen sind so lange geblieben. Sie kommen und gehen." Nach einer quälend langen Pause fuhr sie fort: "Viele von den Leuten aus dem Ort glauben lauter schreckliche Dinge von der Marquise. Aber mir war sie stets eine anständige und großzügige Herrin. Ich verdiene hier mehr Geld als die Gastwirtin im Dorf einnimmt."

Ich hatte den Eindruck, daß sie, was ihr Dienstbotengehalt betraf, wahrscheinlich übertrieb, meldete aber keinen Zweifel an diesem Detail ihrer Geschichte an, weil es mich weit mehr interessierte, was für schreckliche Dinge man der Marquise nachsagte - Dinge, die immerhin so schlimm sein mußten, daß sie nur schwer Dienstboten fand, die willens waren, auf Dauer im Schloß zu wohnen. Ich fragte mich, wie lange die Marquise wohl schon eine Gouvernante gesucht haben mochte, ehe sie ans Kloster Notre Dame des Cerises schrieb. -

"Nun", flüsterte Danielle noch leiser als zuvor, "viele Leute glauben, sie sei eine Hexe!" Danielle wartete auf meine Reaktion. Nach einem Augenblick unbehaglichen Schweigens zwang ich mich, herzhaft zu lachen und äußerte meine Ungläubigkeit. Doch Danielle bestand darauf: "Aber Mademoiselle, es könnte wahr sein! Hören Sie mir zu!"

Als Danielle nun die Geschichte enthüllte, welche hinter all den Legenden über den angeblichen Pakt der Marquise mit dem Teufel steckte, hörte ich bald auf zu lachen. - Offenbar hatte alles mit dem Tode des Marquis begonnen. In der Nacht, in der er starb, tobte ein furchtbarer Sturm. Die Marquise war - trotz der Proteste ihres Gatten - mitten in der Nacht ausgeritten. Es gab mehrere Zeugen für das, was in jener Nacht geschehen war, denn die Stallburschen waren von der lauten, zornigen Stimme ihres Herrn erwacht und hatten die

Ereignisse verfolgt: Die Marquise war fest entschlossen, auf ihrer Stute davonzureiten und hörte weder auf die Befehle noch auf die nachfolgenden Bitten ihres Gatten, mit denen er sie bedrängte, zuhause zu bleiben. Stattdessen gebot sie ihm, sie gewähren zu lassen, s o n s t ...- Dann war sie in der Nacht verschwunden. Sobald das Pferd des Marquis gesattelt war, folgte er ihr, doch wenige Augenblicke später wurde der Marquis vor den entsetzten Augen der Stallburschen vom Blitz erschlagen und mitsamt seinem Pferd bis zur Unkenntlichkeit verbrannt. - Die Marquise kehrte erst am anderen Morgen zurück, und obwohl sie auf die Nachricht vom Tod ihres Gemahls mit angemessener Trauer reagierte, erzählte man sich doch in der ganzen Umgegend bereits Geschichten über jene Nacht.Wie sie mir sagte, hatte sich der Tod des Marquis ereignet, kurz bevor Danielle im Schloß zu arbeiten begann. Wegen der wüsten Gerüchte, welche umgingen, hatten viele Dienstboten gekündigt. Daraufhin waren Danielle und ein weiteres halbes Dutzend tapferer junger Frauen aus dem benachbarten Dorf Sol und aus Pomme bei doppeltem Gehalt eingestellt worden.

Trotz meiner skeptischen Grundeinstellung fühlte ich doch einen Schauder, als Danielle ihre Erzählung beendet hatte. "Nun, das ist sehr interessant", murmelte ich und stand auf. Zu spät fiel mir ein, daß es für eine Gouvernante wohl kaum statthaft war, sich auf Klatschgeschichten über ihre Dienstherrin einzulassen. Ich setzte eine strenge Miene auf und bat Danielle, mir das Schulzimmer zu zeigen.

Danielle schien sich aus meinem Stimmungswandel weiter nichts zu machen und führte mich hinauf in einen großen, kahlen Raum, der offensichtlich schon als Schulzimmer benutzt worden war, solange das Schloß existierte. Danielle erklärte mir, Raouls Schlafzimmer befinde sich gleich nebenan, und er halte dort gerade seinen Mittagschlaf.

Ich besah mir den langen Holztisch, der von einem Jahrhundert kindlicher Schnitzereien zernarbt war und die beiden Bücherschränke voller mathematischer, lateinischer, englischer und historischer Texte. Obwohl die Bände starke Gebrauchsspuren aufwiesen, waren sie tatsächlich besser als alle Bücher, die ich im Kloster benutzt hatte.

Danach brachte mich Danielle ins Erdgeschoß und zeigte mir einen kleinen Raum neben dem großen Speisezimmer. Dort sollte ich mit Raoul bald so manche Mahlzeit einnehmen. Ich dankte Danielle für ihre Hilfe und sagte ihr, ich sei zu müde, um heute abend noch etwas zu essen. Ich wollte lieber früh zu Bett gehen, um am nächsten Tag frisch und ausgeruht zu sein. Ich bat Danielle, Raoul auszurichten, er möge am Morgen um halb neun Uhr bei mir im Schulzimmer erscheinen. "Aber Mademoiselle, Sie werden ihn ja beim Frühstück sehen, um acht Uhr", erinnerte mich Danielle. Ich dankte ihr nochmals und ging zurück in mein Zimmer, um mich niederzulegen.

Während der darauffolgenden Monate hätte ich jene erste Nacht in meinem neuen Zuhause gern vergessen. Als ich in meine Decken eingerollt dalag, fielen mir Danielles Geschichten über die Marquise wieder ein, und ich fröstelte. Die Frau selbst und die Legenden über die Marquise de Rochelle hatten auf mich einen tiefen Eindruck gemacht. In dieser Nacht - und in vielen folgenden Nächten - konnte ich kaum an etwas anderes denken, als an meine schöne, furchterregende und geheimnisvolle Dienstherrin. Ich sah sie wieder vor mir, wie sie mir an jenem Morgen erschienen war, groß und machtvoll auf ihrem schwarzen Pferd sitzend. Mein inneres Auge bewunderte noch einmal ihre Schönheit und ihre klare, vollkommene Haut. So vergingen Stunden, und die Stille der Nacht verriet mir, daß alles schon seit langem schlief. Ich aber lag noch immer wach und grübelte über die Marquise nach.

Plötzlich wurde die Stille von einem Laut durchschnitten, der mir mitten ins Herz fuhr. Ich lag wie erstarrt und begann schon zu glauben, meine Einbildung habe den scharfen Schrei hervorgebracht, doch einige Augenblicke darauf stöhnte jemand auf eine unnatürliche und erstickte Art. Ungeschickt hantierte ich mit der Zunderbüchse auf meinem Nachttisch, bis es mir endlich gelang, eine Kerze anzuzünden. Meine Hände zitterten vor Furcht, und das heiße Wachs rann mir über die Finger, als ich zur Tür stolperte. Draußen schrie ich auf vor Grauen: irgendetwas packte mein Nachtgewand und zog heftig daran. Ich wirbelte herum und sah, daß ich beim Schließen der Tür einen Zipfel des Hemdes eingeklemmt hatte. Vor Erleichterung seufzte ich auf - und blies dadurch meine Kerze aus. Stocksteif stand ich in völliger Finsternis und Totenstille da und wartete darauf, daß etwas Schreckliches geschehen würde. Das Stöhnen war verstummt, und ein eisiger Luftzug strich mir über den Nacken. Nach einigen Minuten, in denen sich nichts regte, glitt ich rückwarts in mein Zimmer und verriegelte nahezu geräuschlos die Tür.

Zitternd und schwer atmend sprang ich ins Bett und betete eineinhalb Rosenkränze. Ungefähr eine weitere Stunde lang lag ich schlaflos und mit weit aufgerissenen Augen da - und dann

begann das Stöhnen von neuem. Ich war nun überzeugt, jemand müsse gestürzt sein oder sich auf andere Art verletzt haben und wunderte mich, warum niemand sonst erwachte. Schließlich wurde mir klar, daß sich ein Mörder Zugang zum Schloß verschafft haben mußte und nun bereits die vorletzte überlebende Person zu Tode marterte. - Der Gedanke, daß ich als Waffe nur meinen Verstand besaß, trug nicht eben dazu bei, mich zu beruhigen. Die Schmerzenslaute steigerten sich immer mehr. Ich war fast sicher, daß sie aus einem Zimmer an meinem Flur kamen, doch die einzige Person, von der ich wußte, daß sie außer mir hier ihr Schlafzimmer hatte, war die Marquise. Blitzartig tauchte ihr Bild vor mir auf. Ich sah sie gefesselt und geknebelt und wußte, ich mußte sie retten. Hastig zündete ich meine Kerze wieder an, wölbte meine Hand darum, um sie gegen die Zugluft und mein eigenes, heftiges Atmen zu schützen und rannte in die Richtung, aus der das Stöhnen kam. Doch als ich mich der Tür am Ende des Korridors näherte, verstummte es. Ich blieb stehen und meinte, die Marquise nach Luft ringen zu hören. - Etwas Schreckliches war geschehen - ich wußte es! Entweder war sie todkrank, oder sie wurde erdrosselt. Mit der Faust schlug ich gegen die verschlossene Tür und rief, "Madame! Madame la Marquise, lassen Sie sich helfen! Oh, bitte, öffnen Sie die Tür!"
In gespanntem Schweigen wartete ich, daß sie die Tür aufschloß, doch nichts geschah. Ich wähnte sie bewußtlos und warf mich nun wie rasend mit der Schulter gegen das Holz. Als ich eben ein drittes Mal gegen die schwere Tür anrennen wollte, öffnete sie sich plötzlich, und die Marquise stand vor mir.

"Mademoiselle Torn", flüsterte sie scharf, "Sie werden noch die Toten aufwecken!" Damit zog sie mich in ihr Boudoir und schloß die Tür hinter uns ab. Drinnen entzündete sie eine Lampe und wandte sich dann zu mir. Ihr Haar hing in wilden Locken herab, ein schwarzer Schleier, der ihr Gesicht beschattete. Offenbar hatte sie in großer Eile ein Gewand übergeworfen, denn eine ihrer wogenden Brüste war nur unzulänglich bedeckt. Mit zitternder Hand strich sie sich das Haar aus der Stirn, und ihre Stimme war heiser, als sie hervorstieß, "Mademoiselle Torn, was um alles in der Welt hat das zu bedeuten?"

Ich rang die Hände und brachte mit einer hohen Stimme, die nicht mir zu gehören schien, hervor, "Ich ... ich hörte jemand klagen wie in Schmerzen. Waren Sie es? Ich glaubte, Sie seien verletzt und brauchten meine Hilfe."

Schon während ich sprach, verlor ihr Gesicht seinen ärgerlichen Ausdruck, und sie schüttelte sich in einem leisen Lachanfall. "Mademoiselle Torn", sagte sie schließlich, nach Luft ringend, nahm meine Hand und führte sie an die Lippen, "Sie sind unvergleichlich!" Einen Augenblick lang hielt sie meine Hand noch fest, dann schritt sie zum Fenster, blieb dort stehen und wandte mir den Rücken zu. Sie schwieg sehr lange; schließlich fragte ich, "Hat Ihnen jemand etwas angetan, Madame?" Meine Dienstherrin wandte sich mir zu, und nun zeigte ihr Gesicht wieder einigen Unmut. "Ich versichere Sie, Mademoiselle, ich bin hier gänzlich allein." Bevor ich noch einmal fragen konnte, was geschehen war, fuhr sie in kühlem Ton fort, "Ich leide seit Jahren an unerträglichen Kopfschmerzen und habe herausgefunden, daß das Stöhnen mir die einzig mögliche Linderung verschafft."

"Oh", zirpte ich eifrig, "meine Mutter neigte ebenfalls zu Kopfschmerzen, und ich habe sie ihr immer weggestreichelt. Ich könnte auch die Ihren wegstreicheln." Wieder lachte sie ihr seltsames, leises Lachen: "Ah, ma chère, bemühen Sie sich nicht."

Mein Gesichtsausdruck schien deutliche Enttäuschung zu verraten, denn als sie mich zur Tür führte, schenkte sie mir ein schiefes, kleines Lächeln und sagte, "Mademoiselle, ich werde Ihr liebenswürdiges Angebot im Gedächtnis behalten. Und nun versprechen Sie mir, sich künftig nicht mehr zu fürchten, wenn Sie des Nachts solche Geräusche hören!"

Ich versprach es und bückte mich, um meine Kerze aufzuheben, die ich vor der Tür auf den Boden gestellt hatte. Als ich in mein Zimmer zurückging, drehte ich mich noch einmal um; die Marquise stand in der offenen Tür und sah mir nach.

Wieder in meinem Bett überkam mich eine Woge von Scham und Reue, weil ich meine Herrin gestört hatte. Ich hoffte nur, sie würde mir mein ziemlich kindisches Betragen vergeben und vergessen. Obwohl ich doch Erleichterung darüber hätte empfinden sollen, daß meine Sorge um ihre Sicherheit unbegründet gewesen war, lag ich fast bis zum Sonnenaufgang da und schmollte. Es tat mir leid, daß sie mich ihr schmerzendes Haupt nicht hatte streicheln lassen, und es schien mir unmenschlich und tragisch, daß sie sich keine andere Erleichterung gestattete, als ihren Schmerz und ihr Elend hinauszuschreien. Als schon der erste Sonnenschimmer durch meine Fenster kam, beschloß ich endlich, den ganzen Vorfall um meines Seelenfriedens willen aus meinem Gedächtnis zu streichen. Nach nur wenigen Stunden Schlaf erwachte ich erstaunlich frisch und wohl.

Ich gewöhnte mich sehr schnell an mein neues Leben im Schloß. Während der nächsten Wochen ging der Frühling in den Sommer über, und ich richtete unseren Tagesablauf so ein, daß ich Raoul morgens unterrichtete, dann die Lektionen für den nächsten Tag vorbereitete und am Nachmittag mit meinem Schützling spielte. Ich fand heraus, daß mein erster Eindruck von Raoul ganz richtig gewesen war: er war in der Tat ein einsames Kind, und für kleine Beweise der Zuneigung tat er alles, was ich von ihm verlangte.

Die mysteriöse Marquise hatte offenbar keine Kopfschmerzen mehr, denn nach jener ersten Nacht wurde ich nicht wieder gestört. Ich sah meine Dienstherrin kaum, und auch dann nur im Vorübergehen auf der Treppe. Bei solchen Gelegenheiten murmelte sie gewöhnlich eine Antwort auf meinen heiteren Gruß, blieb jedoch niemals stehen. Wenn sie sich überhaupt einmal die Mühe machte, mich anzusehen, so tat sie es mit einem Seitenblick, der mich daran zweifeln ließ, ob sie mich überhaupt erkannte. Es schien, als erinnerte sie sich nicht einmal mehr, mich engagiert zu haben. Bald aber sollte ich erfahren, daß sie mich nicht wirklich vergessen hatte, denn nachdem ich zwei Monate im Schloß zugebracht hatte, schickte sie mir eine kurze Nachricht, in der sie mich anwies, nur morgens mit Raoul zu arbeiten und die Nachmittage für meine eigenen Studien zu benutzen. - Ich hätte ihre Aufforderung wohl ignoriert, doch nach dem Mittagessen erschien Raouls Kinderfrau Liane und führte ihn seiner neuen Tagesordnung zu: Spielen, Lernen und Mittagschlaf, - sans moi. Und bald lernte ich, der Voraussicht meiner Herrin zu danken, denn nachdem der Glanz des Neuen verblaßt war, entdeckte ich, daß das Unterrichten eine sehr anstrengende Tätigkeit war. Insgeheim segnete ich die Marquise für ihre Anweisung und wußte die Nachmittage wohl zu schätzen, welche ich nun zu meiner freien Verfügung hatte. Ich nutzte diese Zeit, um mich zu erholen, zu lesen, Briefe zu schreiben und zu träumen, und da ich im Kloster unablässig zur Tätigkeit angehalten worden war, erfuhr ich erst jetzt, wie wichtig Muße und Einsamkeit sind.

3. KAPITEL

Eines Morgens, als wir uns eben niedersetzten, um mit dem Unterricht zu beginnen, flüsterte mir Raoul ins Ohr, "Heute wollen wir nicht arbeiten, Mademoiselle Torn. Ich möchte Ihnen jemand zeigen. Sie sollen meine Tante kennenlernen."

Dieses Spiel spielten Raoul und ich oft zusammen: er erfand gewöhnlich irgendwelche Versuchungen, um mich vom Unterrichten abzuhalten. Meist wollte er lieber plaudern oder eine Geschichte erzählt bekommen. Seine Tante jedoch hatte er noch nie erwähnt, und ich horchte auf. Gleich wurde ich aufgeregt und neugierig.

"Raoul", sagte ich in einem Ton, der mein heftiges Interesse nicht verleugnen konnte, "von wem sprichst Du?"

Raoul strahlte mich an. Sein feines, kindliches Gefühl verriet ihm, daß er mich an der Angel hatte. "Meine Tante Morgan! Sie wohnt wirklich ganz in der Nähe. Wir können zu Fuß hingehen. Sie hat Mama schon gefragt, wann sie Sie sehen werde. Sie wäre gewiß glücklich, wenn wir sie besuchten. Sie ist eine Wahrsagerin. Jedenfalls glaube ich, so nennt sie sich."

"Warum hast Du bisher nie von Deiner Tante gesprochen?" fragte ich ihn ernst. Raoul hob die Schultern auf eine Art, die mir nachgerade schon bekannt war. "Nun gut", seufzte ich, "wo wohnt Deine Tante?"

Raoul sprang auf und hüpfte im Zimmer umher vor Freude, dann warf er sich lachend in meine Arme. "Im Wald, im Zauberwald, im funkelnden Wald", sang er fröhlich.

Ich stellte ihn wieder auf die Füße, nahm ihn bei der Hand und lief mit ihm hinaus, auf den Wald zu, der hinter dem Schloß begann. - Es machte mich immer etwas nervös, in einen Wald hineinzugehen; einige Minuten blieb ich am Rand des Gehölzes stehen und schämte mich vor Raoul, der meine unvernünftigen Ängste gewiß bemerkte. Meine Mutter hatte meine Furcht vor Wäldern einmal mit einer Anekdote aus meiner Kindheit erklärt: als ich ungefähr drei Jahre alt war, hatten mich meine Eltern in einen Tiergarten für Kinder mitgenommen. Neben lauter kleinen, jungen Tieren gab es dort auch kunstvoll angelegte Gärten, gestutzte Eiben in der Form von Tiergestalten und Labyrinthe. Mitten in einem solchen Labyrinth setzten mich meine Eltern ins Gras und versteckten sich dann, um zu beobachten, ob ich wohl den Weg hinausfände. - Ich versuchte manchmal, mir diese Begebenheit ins Gedächtnis zu rufen, doch überfiel mich dann immer dasselbe schreckliche Gefühl, welches mich auch gefangenhielt, wenn ich einen Wald oder einen dichten Laubengang betreten sollte: ich hatte Angst, die Bäume würden immer dichter und dichter aneinanderrücken, bis sie mich umschlangen und ich auf ewig verloren wäre.

Als wir endlich in den Wald eintraten, unterdrückte ich meine Furcht, obwohl ich keine Spur von einem Weg entdecken konnte. Raoul jedoch schien sich gut auszukennen und führte mich einen schmalen Pfad entlang, den nur er wahrnahm. Die Bäume schoben sich scheinbar immer enger zusammen, als das Laub dichter wurde und die Sonne nicht mehr hindurchdrang. Nachdem wir ungefähr zehn Minuten atemlos gelaufen waren, blieb ich stehen, doch Raoul zog mich weiter. "Es ist nicht mehr weit. Bitte, Mademoiselle Torn!"

Prickelnde Furcht wanderte an meinem Rückgrat hinauf, und ich folgte meinem Schützling unter nervösem Gekicher. Die Bäume standen so dicht, daß sich kein Windhauch regte, und die leisen Geräusche des Waldes - Vogelrufe und das Umherhuschen kleiner Tiere - hallten hier auf eine beunruhigende Weise wider. Irgendetwas war in diesem Wald, - ein "Zauber", wie Raoul es nannte, etwas, das unvorhersehbare Ereignisse erwarten ließ. Urplötzlich traten wir durch eine schmale Öffnung aus dem Dickicht auf eine Lichtung. Als meine Augen sich an das Licht gewöhnt hatten, sah ich ein kleines Haus, ein Cottage, das genau in der Mitte der Lichtung stand, rundum vom Wald umgeben. Und es lag auf dem Landbesitz der Marquise. Dieser unerwartete Anblick verwirrte mich so sehr, daß ich etliche Sekunden lang zu atmen vergaß. Die Tür des schilfgedeckten Hauses stand offen, und Raoul verschwand darin. Zögernd folgte ich ihm, und die Furcht kroch mir über Nacken und Kopfhaut. Ich zitterte von Kopf bis Fuß, als ich das dunkle, kühle Haus betrat. Meine Augen mußten sich ein weiteres Mal auf die veränderten Lichtverhältnisse einstellen. Zuerst sah ich ein glitzerndes Augenpaar auf mich gerichtet. Als ich aufschrie, sprang das Geschöpf, welches mich angestarrt hatte, vom Tisch und schoß aus der Tür. Ich sah ihm nach und stellte fest, daß das furchterregende Wesen nichts weiter war als eine winzige schwarze Katze.

Als Raoul seine Hand in meine legte, drehte ich mich wieder

um. Er zog mich in einen dunklen Winkel im rückwärtigen Teil des Hauses, und nun stand ich vor einer Gestalt, die meinen angstvollen Blick aus sprühenden, schwarzen Augen erwiderte. Diese Augen hatten etwas Unheimliches und Fremdartiges.

"Bon jour", murmelte sie, und ich stellte fest, daß sie keine französische Aussprache hatte. Ich erwiderte ihren Gruß und streckte ihr meine Hand entgegen. Obwohl sie außerordentlich dünn war, sah ich doch den Umriß ihrer Brüste, als sie sich erhob. Sie war so groß, daß sie mich fast um Haupteslänge überragte! Ich schluckte hörbar, und meine ausgestreckte Hand sank herab.

"Setzen Sie sich, Mademoiselle Torn", sagte sie leise. Ihre Stimme war volltönend und sehr tief - eine Stimme, der man augenblicklich gehorchte.

Ich glitt auf einen Stuhl, und Raoul kauerte sich auf einen zweiten, der neben mir stand. Die Frau, die seine Tante sein mußte, schritt in dem kleinen Raum auf und ab. Ihr Haar war von einem glänzenden, roten Turban bedeckt. Dazu trug sie einen schwer zu beschreibenden, braunen Rock und eine ebensolche Bluse. Ihre Körpergröße und ihre Haltung erinnerten mich ein wenig an die Marquise, doch sie war sehr viel älter, fast schon alterslos. Ich war überzeugt, daß sie viel zu alt war, um die Schwester der Marquise zu sein; sie konnte kaum jünger sein als Mademoiselle Dupont. Ihre Haut war viel dunkler als der Teint der Marquise, und über ihre Wange zog sich eine schmale Narbe. Angespannt beobachtete ich, wie sie ruhelos vor mir auf und ab ging. Ich fühlte, daß in ihr eine unterdrückte Kraft war, die sie nur mühsam im Zaume hielt.

Einen kurzen Augenblick lang dachte ich daran, dem Beispiel ihrer Katze zu folgen und die Gegenwart dieser seltsamen und beunruhigenden Frau zu fliehen. Ihr unhöfliches Betragen zeigte mir nur zu deutlich, daß mein Besuch weder erwartet, noch willkommen war. Als ich mich eben zum Gehen entschlossen hatte, drehte sie sich plötzlich um und nahm meine Hand in die ihre. Sie drückte sie einen Moment lang. "Mademoiselle Torn, ich bin entzückt, Ihre Bekanntschaft zu machen, da ich schon so viel" - sie seufzte tief - "ja, in der Tat, so viel von Ihnen gehört habe. Gegenwärtig bin ich gerade sehr mit etwas beschäftigt, doch ich hoffe, Raoul wird Sie bald wieder einmal hierherbringen. Vielleicht werde auch ich Sie besuchen, wenn mich mein Weg demnächst zum Schloß führt." Sie lächelte entwaffnend, und ihre Augen blickten verschmitzt, als ich eilends aufstand und Raoul mit mir zur Türe zog. Raoul sagte ihr Lebewohl, als wäre nichts geschehen, und ich zweifelte fast schon an meinem Wahrnehmungsvermögen.

Als wir auf dem mir noch immer unsichtbaren Pfad durch den Wald zurückgingen, legte Raoul plötzlich warnend den Finger vor den Mund. Er führte mich hinter einen großen Baum und bedeutete mir, zu schweigen und zu warten. Dann hörte auch ich, was sein scharfes kindliches Gehör schon lange vor mir wahrgenommen hatte: jemand kam auf uns zu. - Nicht nur Raoul also schien diesen Pfad zu kennen. Ich hielt den Atem an, als das Rascheln der Blätter unter den Schritten lauter wurde. Fast erwartete ich, die Marquise zu sehen, die dem seltsamen Haus auf der Lichtung einen Besuch abstattete. Ich lehnte mich in den Schatten des Baumes zurück, und dann sah ich die Gestalt ganz deutlich. - Hastig legte ich mir die Hand auf den Mund, um einen Ausruf des Erstaunens zu unterdrücken: die Gestalt, welche auf die Lichtung zustrebte, war niemand anders als Mademoiselle Dupont. - Mit erstaunlicher Behendigkeit bahnte sich die ältere Frau ihren Weg durch das Unterholz. Niemals hätte ich erwartet, ihr irgendwo anders zu begegnen als im Schloß, wo sie sich stets ruhig und gemessen durch die vielen Räume bewegte. Sie wirkte dort immer nahezu geisterhaft, und wie mir Danielle erzählte, überwachte und ertappte sie die Mädchen stets lautlos und im unerwartetsten Augenblick.

Auf dem Rückweg durch den Wald schwiegen Raoul und ich. Ich war seltsam verstört, und immer wieder fuhr mir ein alberner Spruch durch den Kopf: "Es ist was faul in der Stadt Dublin!" - Das war eine Zeile, die meine Mutter in einem Kriminalstück mehrere Male zu sagen hatte, in welchem sie auftrat, als ich eben alt genug war, um ihren Vorstellungen beiwohnen zu dürfen. "Hast Du schon einmal ein Theaterstück gesehen?" fragte ich Raoul, als wir - gerade noch zur rechten Zeit zum Mittagessen - ins Schloß zurückkamen.

"Oh ja, oft!" Seine dunklen Augen leuchteten auf vor Freude. "Mama hat mich immer nach Paris mitgenommen, und dann gingen wir ins Theater und ins Museum. Einmal waren wir auch in der Oper; die Kostüme fand ich sehr schön, aber ich konnte nicht verstehen, was gesungen wurde. Mama sagt, das kam daher, daß es Italienisch war. Können Sie Italienisch, Mademoiselle Torn?"

"Nein, leider nicht. Nur Latein und Griechisch. Und natürlich Englisch und Französisch." Mir fiel noch etwas ein, was ich ihn fragen wollte. "Raoul, ist Morgan die Schwester Deiner Mutter?"

Raoul schaute verwirrt drein und antwortete mit vollem Mund, "Ich weiß nicht."

"Bitte iß erst Deinen Bissen auf, bevor Du antwortest." murmelte ich automatisch. "Hmm, wie heißt sie mit Nachnamen?" fragte ich.

Raoul war nun noch verwirrter und wollte schon wieder mit vollem Mund antworten, besann sich aber eines Besseren und sagte schließlich mit einer merkwürdig erwachsenen Stimme, "Einfach Morgan. Sie ist einfach Morgan. Nicht Madame und nicht Mademoiselle."

Ich wollte ihn gerade fragen, warum Mademoiselle Dupont wohl den Pfad zu Morgans Haus entlanggegangen war, als plötzlich die Marquise in der Tür unseres kleinen Speisezimmers erschien. Sie blieb dort stehen, und ihr tiefdunkler Blick senkte sich in den meinen. Sie lächelte nicht. So unversehens, wie sie gekommen war, verschwand sie wieder.

Raoul hatte ihr Erscheinen gar nicht bemerkt und war gerade dabei, ein Loch in eine Scheibe Brot zu bohren.

Seine Augen, die denen seiner Mutter so ähnlich waren, blickten mich herausfordernd an, als er die ganze Scheibe Brot auf einmal in seinen kleinen Mund stopfte.

"Nun gut, dann auf Wiedersehen, junger Mann", sagte ich in meinem gekünstelten Gouvernantenton. "Ich werde mich ein wenig niederlegen, und das solltest Du auch tun. Morgen sehen wir uns wieder, und dann müssen wir hart arbeiten, um das nachzuholen, was wir heute versäumt haben." Ich hörte mich sprechen und glaubte mir selbst nicht, was ich da sagte. Gewöhnlich tat ich mir etwas auf meine Geduld, meine Fairneß und mein Verständnis zugute. Und ich sah sehr wohl, daß Raouls große Augen traurig zu mir aufsahen, als ich ohne mein Dessert anzurühren aufstand und hinauseilte.

In meinem Zimmer angekommen verschloß ich die Tür, streifte alle Kleider von mir und warf mich auf mein Bett.

Die aufgestickten Blumen des Bettüberwurfs drückten sich in mein nacktes Fleisch. Ich warf den Kopf von einer Seite zur anderen und versuchte, mich von einer Anspannung zu befreien, die in ihm steckte. Doch ach, es gelang mir nicht. Die Bewohner des Schlosses und die mysteriösen Ereignisse gaben mir tausend unlösbare Rätsel auf. Warum besuchte Mademoiselle Dupont Morgans Haus? Warum war die Marquise heute an der Tür erschienen, ohne uns zu grüßen? Warum war's mir so wichtig, Morgans wahres Verwandtschaftsverhältnis zur Marquise zu erfahren?

Ich stand auf und ging im Zimmer umher. Meine nackten Füße sanken tief in den Teppich ein, und der sanfte Windhauch, welcher durchs Fenster hereinkam, strich über meinen Körper. Einen Augenblick lang stand ich still, umfaßte den glatten Pfosten des Bettes und preßte meinen angespannten Leib gegen die gedrechselten Konturen des Holzes. Ich stützte das Kinn auf und dachte nach. Dann entschloß ich mich, den Pfad wiederzufinden, auf dem mich Raoul heute morgen entlang geführt hatte. Ich wollte Morgans Haus noch einmal aufsuchen. Das kleine Haus und die seltsame Frau, die darin lebte, zogen mich an diesem Nachmittag magnetisch an. Schnell warf ich meine Kleider über und fand mich schon am Waldrand. Vergeblich suchte ich nach dem Weg, doch dann fand ich eine Stelle, die dem Eingang ähnelte, durch den Raoul und ich in den Wald gedrungen waren. Obwohl ich noch immer keinen Pfad sah, unterdrückte ich meine Furcht und marschierte in die Richtung, in der ich die Mitte des Waldes und die Lichtung vermutete.

Im Wald wurde es immer dunkler, doch ich drang entschlossen vorwärts. Nachdem ich, wie mir schien, schon fast eine Stunde im Kreis herum gelaufen war, hatte ich die Lichtung noch immer nicht gefunden. Ich blieb stehen und lauschte den Geräuschen des Waldes, die mir jetzt weniger bedrohlich erschienen, und ich hörte nun auch andere Laute, die ich heute morgen noch nicht bemerkt hatte: herabrinnendes Wasser und dazu ein klingender Ton, - Mädchengelächter. Ich sank im Unterholz auf die Knie und bewegte mich näher an einen kleinen Teich heran, welcher am Fuß eines Hügels lag. Von den überhängenden Felsen rann glitzernd das Wasser herab. Zwei junge Frauen, beide in dünnen, fast durchsichtigen Unterröcken, standen im flachen Wasser des Teichs und spritzten sich gegenseitig naß. In einer von ihnen erkannte ich Danielle, obwohl ihr Haar aufgelöst und feucht war und ihr Gesicht wie die nassen Locken einer Meerjungfrau umrahmte. Das andere Mädchen glaubte ich in der vergangenen Woche im Schloß gesehen zu haben, als sie im Speisezimmer das Silber putzte. Beide waren viel zu sehr in ihr Spiel vertieft, um ihre Beobachterin zu bemerken, zumal ich mich tief in das dichte Gras des Waldrands kauerte. Ihre Unterröcke waren naß und schmiegten sich in höchst aufreizender Weise an ihre runden Leiber. - Ich sehnte mich nach einem Schluck Wasser, doch ich wußte, daß ich sie nicht stören durfte. Während ich ihnen zusah, schwammen sie zur Mitte des Teichs, wo ihnen das Wasser nun bis zur Brust reichte, und ich merkte, wie ich angestrengt hinsah, um zu verfolgen, wie sich ihre Brustwarzen zusammenzogen und unter dem dünnen Stoff ihrer Unterkleider abzeichneten. Zwar sagte ich mir, daß ich nur beobachten wollte, wie ähnlich doch alle Frauen auf kaltes Wasser und kalte Luft reagierten, aber insgeheim wußte ich sehr wohl, daß meine Interesse von großer Begehrlichkeit geprägt war.

Danielle und ihre Freundin standen lange Zeit still voreinander und sahen sich in die Augen. Plötzlich streckte Danielle die Hand aus und tauchte das andere Mädchen tief unter die Wasseroberfläche. Danielle fand dies sehr lustig und eilte lachend auf das Ufer des kleinen Teichs zu, während ihre Freundin wasserspeiend und schimpfend wieder an der Oberfläche erschien. Auch ich mußte lachen und bedeckte meinen Mund schnell mit der Hand, um mich nicht zu verraten. Ich blieb im kühlen Gras liegen und beobachtete sie weiter: Danielle hatte eben das Ufer erreicht und wollte hinausklettern, als ihre Freundin sie einholte und ihr bei dem Versuch, sie ins Wasser zurückzuziehen, den halben Unterrock abriß. Die beiden jungen Frauen umklammerten einander; Danielle konnte sich befreien, doch sogleich sprang ihre Freundin aus dem Wasser und warf sich auf sie. Beide fielen und rollten im Schlamm umher. Ihre Unterröcke - eben noch weiß und ätherisch anzusehen - waren nun braun und überall zerfetzt, denn jetzt kämpften sie im Ernst miteinander. Ich wollte den Ausgang des Kampfes gern miterleben, doch plötzlich nahmen ihre Körper einen neuen Rhythmus an; eng umschlungen bewegten sie sich langsam und im Einklang aneinander. Ein seltsames Schuldgefühl überkam mich. Ich kroch durch das Unterholz tief in den Wald zurück, bis ich endlich aufstehen und davonlaufen konnte. Glücklicherweise mußte ich nur kurze Zeit umherirren und fand dann die Stelle, an der ich in den Wald hineingegangen war. Für diesen Tag gab ich die Suche nach Morgans Haus auf und trottete enttäuscht und seltsam bewegt zum Schloß zurück.

Wieder in meinem Zimmer, entkleidete ich mich und legte mich auf mein Bett, um bis zum Abend noch ein wenig zu ruhen und zu träumen. Ich rief mir das kleine Schauspiel der Wassernymphen wieder ins Gedächtnis und wünschte mir von ganzem Herzen, auch eine so enge Freundin zu haben, wie Danielle sie besaß und ebenso mit ihr spielen zu können. Ich beneidete die beiden Mädchen um ihre intime Freundschaft und fühlte, wie mein Mund seinen alten, schmollenden Ausdruck annahm. Doch da ich es mir nur selten gestattete, mich wegen meiner Einsamkeit zu bemitleiden, versuchte ich verzweifelt, an die erfreulicheren Seiten des Lebens zu denken und in ihnen zu schwelgen. Ich dachte an die atemberaubende Schönheit meiner Herrin und an die Art, wie sie mich heute morgen angesehen hatte. Noch niemals zuvor waren mir ihre Augen so kalt erschienen. Dann versuchte ich, mich der Ähnlichkeiten zwischen der Marquise und Morgan zu erinnern. Ich sah Morgans dunkles Gesicht vor mir und die dünne, weiße Narbe auf ihrer Wange. - Wahrscheinlich hatte eine ihrer Katzen sie vor langer Zeit einmal gekratzt. Beide Frauen waren ungewöhnlich groß, obwohl Morgan für meinen Geschmack bei weitem zu dünn war. Etwas Seltsames umgab sie beide, etwas, das ich nicht recht in Worte fassen konnte, - etwas, das mich an Raouls Geschichte zweifeln ließ.

Ohne Erfolg versuchte ich, mich von den Dämonen meines gemarterten Hirns zu befreien, indem ich einige Romane zur Hand nahm, die ich von meinem ersten Gehalt erworben hatte. Doch die fiktiven Charaktere waren außerstande, mein Interesse zu erwecken. Ein Buch nach dem anderen nahm ich auf, las einige Seiten - und legte es wieder fort, um mich dem nächsten Band aus dem Stapel zuzuwenden, der neben meinem Bett lag. Den Rest des Nachmittags verbrachte ich damit, dieses langweilige Ritual zu wiederholen.

An diesem Abend kam Mademoiselle Dupont in das kleine Speisezimmer, in welchem Raoul und ich unsere Mahlzeit einnahmen. Sie erkundigte sich nach Raouls Fortschritten, und ihr gewohntes, zurückhaltendes Betragen zeigte mir, daß sie uns auf ihrem Weg zu Morgans Haus nicht bemerkt hatte. Als sie das Zimmer wieder verließ, hatte ich plötzlich eine Eingebung: es schien mir, als wären die Menschen, welche im Schloß lebten, sämtlich Akteure in einem wunderbaren Schauspiel, und ich war neu hinzugekommen - eine Zweitbesetzung, die vorerst nur aus den Kulissen zusah. Ich sehnte den Tag herbei, an dem mir endlich jemand ein Textbuch gab und mir den Inhalt des Stücks erklärte.

4. KAPITEL

Eine Woche später saß ich auf der Bank im Rosengarten des Schlosses und schrieb einen Brief an meine Eltern, als sich Schritte näherten. Ich blickte auf und sah die Marquise herankommen. Sie war ungefähr zehn Meter von mir entfernt und hatte mich noch nicht bemerkt. Das gab mir Gelegenheit, sie einen Augenblick lang ohne ihr Wissen zu betrachten. Sie trug einen dunkelblauen Reitanzug und sah in ihren Reithosen so schmal und trainiert aus wie ein Junge. Auch wenn man sie an der französischen Aristokratie maß, die ohnehin zur Exzentrizität neigte, war sie doch in einem besonders hohen Maße unkonventionell. Ihr Haar war vom Wind zerzaust und hing in einer langen, locker geflochtenen Mähne ihren Rücken hinab. Worte wie 'hübsch' und 'schön' kamen mir in den Sinn, während ich ihre Erscheinung und ihre aufrechte Haltung bewunderte. Sie trug ihre Peitsche zusammengerollt in einer Hand und schien ein stummes Streitgespräch mit sich selbst zu führen, denn sie blickte finster und schlug sich mit der Peitsche leicht auf den Schenkel. Vor mir blieb sie stehen, eine dunkle Silhouette im Sonnenlicht. Ich blinzelte in die Helligkeit der Aura, welche sie umgab.

"Mademoiselle Torn." - Sie nahm meine Anwesenheit mit einem kurzen Nicken zur Kenntnis und wäre weitergegangen, wenn ich sie nicht zurückgehalten hätte. Da sie meine Hand, welche auf ihrem Ärmel lag, wie ein lästiges Insekt betrachtete, zog ich sie schnell zurück und sagte leise, aber bestimmt, "Madame la Marquise, ich möchte gern einen Augenblick mit Ihnen sprechen. Über Ihren Sohn."

"Benimmt er sich unangemessen? Werden Sie nicht mit ihm fertig? Wollen Sie mir sagen, daß Sie die Absicht haben, uns zu verlassen?" - Sie stieß diese Fragen mit heiserer Stimme hervor, und ihr Mund, der sonst so weich und sinnlich war, preßte sich zu einer schmalen Linie zusammen, während sie auf meine Antwort wartete.

"Nein, nein!" erwiderte ich mit einem nervösen kleinen Lachen, "Au contraire! Ich möchte mit Ihnen über seine bemerkenswerten Fortschritte sprechen." Sie aber wandte sich zum

Gehen, und meine Stimme verwehte.

"Essen Sie heute abend mit mir!" warf sie mir über die Schulter zu. "Um welche Zeit?" rief ich ihr nach. Sie murmelte etwas Unverständliches, und ich wiederholte allzu eifrig, "Um welche Zeit?" - Im Geiste ohrfeigte ich mich dafür, meinen Entschluß, mich wie eine reife und würdige Gouvernante zu benehmen so schnell vergessen zu haben.

Sie wandte sich um, pflückte eine Rose und warf sie mir zu. - Wie durch ein Wunder gelang es mir, sie aufzufangen. Ihr Gesicht erhellte sich; sie lächelte ihr seltenes Lächeln. "Sieben !" rief sie und war schon fort.

Ich blieb noch ein wenig sitzen. Der Brief an meine Eltern lag zerknittert zu meinen Füßen. Ich starrte auf die Rose, die ich in den Händen hielt und schalt mich wegen der Befangenheit, die mich in Gegenwart der Marquise stets überfiel. Ich verachtete mich selbst wegen des Entzückens, das ihre Einladung mir bereitete. Was war so Besonderes daran, mit der Marquise de Rochelle zu dinieren? Ich war schließlich eine intelligente junge Frau und hatte mich bislang durch mein bürgerliches Herkommen noch niemals benachteiligt gefühlt. War es ihr Titel, der mir das Gefühl von Unbeholfenheit und Scheu einflößte? Oder war es irgend etwas Unbekanntes - etwa das Mysterium um den Tod ihres Gatten - das mich beunruhigte? Ich beschloß, ihr während des Essens mehr Einzelheiten über ihr Leben zu entlocken, Enthüllungen herauszufordern, denn da ich mich von ihr ebenso angezogen wie abgestoßen fühlte, mußte ich mehr über das erfahren, was ich damals ihre "wahre Natur" nannte. War sie gut oder böse? Ich war entschlossen, alles in meiner Macht Stehende zu tun, um das herauszufinden.

Als ich um sieben Uhr das Speisezimmer betrat, war meine Dienstherrin schon dort. Sie stand ans Kaminsims gelehnt und nippte an einem Glas Wein. - Wie sehr beneidete ich sie um jenes Air der Nonchalance, das ihr angeboren schien! Sie trug ein Kleid aus Samt, welches ihren Leib aufs Schönste umschmeichelte. Als ich eintrat und ihre wunderbare, dunkle Erscheinung erblickte, den Glanz ihrer dunklen Augen sah, wußte ich: kein Mann wäre imstande, ihr zu widerstehen.

Die Einladung, ihr beim Diner tête-à-tête Gesellschaft zu leisten, erfüllte mich mit Stolz. Ich empfand sie als Auszeichnung, denn soviel ich wußte, gab es keinen Mann, den sie mit ihr zu dinieren für würdig hielt. Ich stammelte eine alberne Bemerkung über mein Zuspätkommen, doch sie versicherte mir, "Nein, Sie sind ganz pünktlich." und schlenderte zum Tisch.

Die Gedecke waren an einer Seite der langen Tafel nebeneinander aufgelegt. Das verwirrte mich ein wenig, denn ich hatte mich im Geiste schon auf eine recht anstrengende Unterhaltung über die ganze Länge des Tisches hinweg vorbereitet.

"Ich fand, dies würde unserer Konversation dienlicher sein als die formellere Platzanordnung, die ich gewöhnlich bevorzuge." Während sie sprach, beobachtete sie mich aufmerksam.

Dann folgte eines der merkwürdigsten Diners, die ich jemals erleben sollte. Die Speisen selbst waren wundervoll - zubereitet mit Kräutern und Gewürzen, welche ich noch niemals gekostet hatte. Meine Konversation mit meiner Dienstherrin aber war bizarr. Im Kloster hatten wir während der Mahlzeiten nie gesprochen, und so wußte ich wohl, daß mir leichtes Geplauder zunächst gewiß etwas schwerfallen würde. Während der vielen langen Gesprächspausen fühlte ich die scharfen Augen der Marquise auf mich gerichtet. Ich war so nervös wie noch nie in meinem Leben.

Sobald wir uns gesetzt hatten, versuchte ich, in Gelassenheit mit meiner mich einschüchternden Herrin zu sprechen.

"Was Raoul betrifft", begann ich zögernd. "Ja?" - Lichter tanzten in ihren Augen, und ich war sicher, daß sie insgeheim über mein offensichtliches Unbehagen lachte.

"Ich finde, er ist ein wahres Wunderkind, und er lernt so rasch, daß er gewiß schon im Frühling auf seine Schule gehen kann. Außerdem glaube ich, daß er sich auf die Gesellschaft seiner Altersgenossen freut. Ich bin sicher, er wird sich dort glänzend entwickeln." Während ich meine Mitteilungen von mir gab, zwang ich mich, ihrem Blick nicht auszuweichen. Ich wartete auf eine Antwort der Marquise, doch sie sagte nichts. Also begann ich, da uns eben serviert worden war, mein Dankgebet zu sprechen. Es überraschte mich wenig, daß sie nicht einstimmte, denn sie hatte auf mich nie den Eindruck einer besonders frommen Person gemacht.

"Langweilen Sie mich nicht mit diesem christlichen Geplapper", sagte sie leise. "Aber ich bin Katholikin", rief ich aus, "und dazu noch irische Katholikin. Sehen Sie sich nur meine roten Haare an! Man erwartet das von mir!" Darauf brachen wir beide in Gelächter aus, und ich fühlte, daß ich mich in ihrer Gegenwart nicht verstellen mußte, sondern ich selbst sein konnte: ketzerisch, frevlerisch und albern, wie meine arme Seele es nun einmal war.

Obwohl ich mir doch in den Kopf gesetzt hatte, sie zu Enthüllungen über ihr Leben zu verleiten, war es am Ende nicht sie, sondern ich, die alles von sich preisgab. Ich erzählte ihr von meiner Kindheit im Theater, von meiner Einsamkeit, unter der ich litt, weil ich keine Freundinnen meines Alters besaß und von meinem Mitgefühl für Raouls ähnliche Lage. Wir sprachen von meinen zwiespältigen Gefühlen, was meinen Eintritt ins Kloster betraf und von meinem Zögern, meine mißliche Position in der Theatertruppe meiner Eltern wieder einzunehmen. Ich erzählte ihr von der Farm meiner Großeltern in Nordirland und davon, daß es mir immer sehr gefallen hatte, sie dort zu besuchen. Ich gestand ihr auch, daß ich manchmal daran dachte, bei der Großmutter zu leben und ihr zu helfen, obwohl meine Tante, mein Onkel und vierzehn Vettern und Kusinen bereits bei ihr wohnten.

"Die Vorstellung, einen beweglichen Geist wie den Ihren in einem solchen Leben verkommen zu sehen , verursacht mir Widerwillen", sagte sie.

Ich blickte sie mißtrauisch an. Verspottete sie mich? Sie schien - wie so oft - meine Gedanken lesen zu können! Leise lachend sagte sie, "Liebes Kind, ich äußere niemals etwas, das ich nicht meine."

"Versprechen Sie das?" fragte ich, lehnte mich in meinem Stuhl zurück und lächelte. "Ich lüge nie", murmelte sie. Einen Moment lang schien die Zeit stillzustehen. Wir sahen einander unverwandt in die Augen, und etwas ging zwischen uns vor, etwas Unbestimmbares und Unausgesprochenes. Einen Moment lang vergaß ich, wer wir waren - vergaß, daß sie Madame la Marquise war und ich die Gouvernante ihres Sohnes. Diesen kurzen Augenblick lang glaubte ich, wir wären Freundinnen - Ebenbürtige.

Das Mädchen kam mit dem Dessert und brach den Zauber. Meine Augen senkten sich auf den Teller. Mir fiel nichts ein, das ich jetzt hätte sagen können.

"Ich vertraue Ihrem Urteil über Raoul", sagte sie, "Lassen Sie mich wissen, wenn er bereit ist. - Und jetzt möchte ich Schach spielen. Spielen Sie?" Ich nickte und konzentrierte mich auf mein Mousse au Chocolat.

Nach dem Essen begaben wir uns in die Bibliothek. Wie liebte ich diesen Raum: die holzgetäfelten Wände, die Wärme des Feuers im Kamin, das sanfte Licht der Lampen und den strengen Duft der unzähligen Bücher, von denen zwei Wände des Raumes vollständig bedeckt waren. An der Tür zauderte ich - und verglich im Geiste mein kaninchenartig schreckhaftes Verhalten mit der schönen Gelassenheit, welche die Marquise in ihrer privaten Domäne offenbarte. Leger wie ein junger Lord warf sie sich in den großen Sessel, der vor dem Kamin stand und winkte mir, mich ihr gegenüberzusetzen. Zwischen uns stand ein Tischchen, in dessen Oberfläche ein Schachbrett eingelassen war, und darauf waren schon die Schachfiguren aufgestellt. Mit meinem Blick für Details nahm ich zu meinem Erstaunen wahr, daß die Marquise die Armlehne ihres Sessels heftig umklammerte, so heftig, daß ihre Handknöchel weiß hervortraten. - Diese Beobachtung paßte schlecht zu ihrer im übrigen gelassenen Haltung.

Sie mochte meinen Blick bemerkt haben, denn sie zuckte leicht zusammen, klatschte in die Hände und sprang auf. Mit langen Schritten durchmaß sie das Zimmer. "Ah, mais oui", murmelte sie und füllte zwei Gläser mit einer braungoldenen Flüssigkeit. Sie fragte mich nicht, ob ich etwas trinken wollte, sondern lächelte mich strahlend und schelmisch an, als sie mir das Glas in meine zitternde Hand drückte. Sie nahm ihren Platz wieder ein und beugte sich zu mir herüber.

"Portwein", sagte sie auf meine unausgesprochene Frage. - "Ein sehr englisches Getränk, das geeignet ist, unseren so englischen Zeitvertreib zu begleiten."

"Ja", entgegnete ich hölzern, "ich hätte nicht geglaubt, daß eine große Dame Frankreichs an diesem Spiel Gefallen finden könnte." Meine Stimme schwankte zunächst ein wenig, wurde jedoch fester, als ich mich mitten im Satz geräuspert hatte. Sie nahm mich ebensosehr gefangen wie sie mich einschüchterte.

"Hmmmm", stöhnte sie leise und hob ihr Glas. Ich folgte ihrer Aufforderung und hob das meine. "Auf die unauslöschliche Feindschaft zwischen Franzosen und Engländern - und auf die unwiderstehliche Anziehung zwischen ihnen."

Sie setzte ihr Glas ab, und ihre weichen Lippen glänzten feucht vom Portwein. Unsere Augen trafen sich und senkten sich ineinander. Als ich mich unter einer unmenschlichen Anstrengung aus diesem Blick löste, ging eine solche Erschütterung durch meinen Körper, daß ich den Rest des Weins auf das Vorderteil meines Kleides verschüttete. Sogleich war sie an meiner Seite, beugte sich über mich und tupfte mein feuchtes Mieder mit ihrem Taschentuch ab.

"Oh bitte, lassen Sie. Es ist nichts", sagte ich befangen in ihr Ohr, das ganz dicht vor meinem Mund war. Mir wurde glühendheiß vor Verlegenheit. Meine Reaktionen auf meine Ungeschicklichkeit und auf ihre Nähe demütigten mich. Sie war mir so nahe, daß ich ihr zartes, würziges Parfüm in vollen

Zügen einatmen konnte. Ich sah, wie weich ihre Haut war, wie leuchtend ihre Lippen. Ihre Augen schimmerten vor Besorgnis, aber auch vor unterdrücktem Amüsement. Schließlich konnte ich nicht mehr atmen.

"Ich komme gleich zurück", stieß ich hervor, schob sie von mir fort und floh. Ich rannte die gewundenen Korridore entlang, als säßen mir tausend Dämonen auf den Fersen, erreichte den Hafen meines Zimmers und versuchte mit zitternden Händen, mein Kleid zu wechseln.

Bevor ich den Raum wieder verließ, um hinunterzugehen und mich für mein unhöfliches Benehmen zu entschuldigen, warf ich einen Blick in den Spiegel. Einige feuchte, kleine Löckchen hatten sich gelöst und mußten wieder an ihren Platz gesteckt werden. Aus dem Spiegel blickten mich meine Augen an, und ich durchlebte noch einmal die Sekunden gerade bevor ich den Portwein verschüttet hatte. Meine Augen glühten mit einem neuen, einem unheimlichen Glanz; mein Atem ging schneller, und meine Brust hob und senkte sich. Meine Wangen waren rosig überhaucht, und meine Haut schimmerte unter einer leichten Feuchtigkeit. Ich war fast schön. Über diese Veränderungen bestürzt, biß ich mir auf die Lippen. Da klopfte jemand leise an die Tür. Ich fuhr so heftig zusammen, als hätte ich mich einer anderen Sünde als nur der Eitelkeit schuldig gemacht und stolperte zur Tür, doch als ich sie öffnete, war niemand zu sehen. "Vielleicht habe ich mir das Klopfen nur eingebildet", sagte ich zu mir selbst. Ich sah den Korridor hinunter - er war leer. Also zuckte ich die Achseln und wollte wieder hinuntergehen, doch als ich mich umwandte, um die Tür zu schließen, sah ich ein zusammengefaltetes Zettelchen auf dem Boden liegen. Ich hob es auf und entfaltete es. Es trug weder Anrede noch Unterschrift, doch ich kannte die schöne Handschrift nur zu gut.

"Verzeihen Sie mir", las ich, "ich muß Sie um die Erlaubnis bitten, mich zurückzuziehen. Meine Müdigkeit ist größer als ich dachte. Spielen wir ein andermal?"

Ich fiel fast in mein Zimmer zurück und hatte das Gefühl, jemand hätte mir einen heftigen Schlag auf die Brust versetzt. Wiederum konnte ich kaum atmen, doch diesmal vor Enttäuschung, einer Enttäuschung, die so schneidend schmerzhaft war, daß es mich selbst erstaunte. Für einen Moment ließ ich meiner Phantasie freien Lauf: ich überlegte, ob die Marquise vielleicht wirklich eine Hexe war, und ob ich am Ende unter ihrem Zauberbann stand. Zwar wies ich diese Vorstellung sogleich wieder voller Verachtung von mir, doch die ganze Nacht warf ich mich im Schlaf herum und träumte von Hexen, Skeletten und Feuern. Vor Sonnenaufgang erwachte ich und fühlte mich erschöpft und mutlos. Ich beschloß, den Tag im Bett zu verbringen, um der Erkältung oder der sonstigen Krankheit, die ich in mir fühlte, Herr zu werden. Ohne eine Kerze anzuzünden warf ich mir meinen wollenen Umhang über und machte mich auf den Weg zur Küche, wo ich hoffte, etwas Süßes zu finden, das mich trösten konnte, wenn ich meinen Tag lesend im Bett verbrachte.

Als ich leise die Treppe zur Eingangshalle hinunter ging, wurde plötzlich die Tür der Bibliothek aufgestoßen. Ich blieb wie angewurzelt stehen und kauerte mich dann auf die dunklen Mahagonistufen.

Doch wie stets gewann meine Neugierde die Oberhand, und ich wagte einen Blick durch das Geländer. - In der geöffneten Tür der Bibliothek stand Morgan! Ich war wie gebannt vom Anblick ihrer langen, dünnen Finger, die über die Konturen des Holzes fuhren. Dann trat die Person, mit der sie sprach in mein Gesichtsfeld. Es war die Marquise, die die Lippen trotzig aufeinandergepreßt hielt und Morgan zuhörte. Ich konnte die Unterhaltung der beiden Frauen nicht verstehen, denn sie sprachen sehr leise. Die Antworten der Marquise waren kurz und, wie mir schien, brüsk und abweisend. Morgan schien entschlossen, sie von irgend etwas zu überzeugen, doch die Marquise schüttelte mehrmals entschieden den Kopf. Eine tiefe Furche des Unmuts erschien zwischen ihren dunklen Brauen. Mit einer Geste, die dramatischer war, als ich es ihr zugetraut hätte, hob Morgan die Arme und wandte sich zum Gehen. In diesem Augenblick streckte die Marquise die Hand aus und fuhr mit dem Zeigefinger leicht über die Narbe auf Morgans Wange. Beide fielen einander wortlos in die Arme und hielten sich fest umschlungen. Nach einer Weile löste sich Morgan von der Marquise, schritt mit einem kurzen Winken durch die Halle und aus der Tür.

Die Marquise stand vor der Bibliothek und sah unverwandt der Frau nach, welche Raoul "Tante" nannte. Sie bemerkte mich nicht, wie ich da auf den Stufen kauerte. Schließlich ging sie in die Bibliothek zurück und schloß mit leiser Heftigkeit die Tür hinter sich. In meiner Kehle fühlte ich den Druck unangenehmer Gefühle - und konnte nicht sagen, ob es Furcht war oder Kummer. Ohne Kuchen oder Schokolade kehrte ich in mein Zimmer zurück. Ich verbrachte den Tag im Bett, verloren in einem Gedankenlabyrinth, aus dem ich nicht herausfand. Ich war eifersüchtig auf alle diese Frauen, die eine so liebevolle Freundschaft miteinander teilten. Ich beneidete die Marquise, Morgan, Danielle und ihre Freundin und sogar Mademoiselle Dupont. Ich dachte an all die Nonnen im Kloster Notre Dame des Cerises, die sich stets zu Freundinnenpaaren zusammenzuschließen schienen - so, wie Lisel und ich eines gewesen waren, ehe sie fortging, und wie ich es dann mit Patrice erlebte, bis sie starb. Ich sehnte mich nach der starken, engen Bindung an eine Gleichaltrige, eine Gleichberechtigte, und die Vorstellung, den Rest meines Lebens damit zu verbringen, mich um anderer Leute Kinder zu kümmern, bereitete mir kein Vergnügen. Ich wollte nicht zum Schreckgespenst werden, welches 'die Gouvernante' gewöhnlich darstellte. Es war eine Rolle, die ich nach bestem Wissen zu spielen versuchte, doch im Grunde meines Herzens wußte ich, daß ich es mir nie gestatten würde, diesen Part wirklich auszufüllen und eine strenge, freudlose 'Erzieherin' zu werden.

Wieder einmal zwang ich mich, über die Möglichkeit eines klösterlichen Lebens als Nonne nachzudenken, aber mein innerer Widerstreit war so groß, daß es mir nicht gelang, einen klaren Gedanken zu fassen. Schon immer hatte ich empfunden, daß mein Verstand von der Heuchelei eingeengt wurde, die ein Leben im Dienste Gottes und anderer zwangsläufig zu begleiten schien. Ich biß die Zähne zusammen und suchte im Geiste nach anderen, befriedigenderen Plänen für meine Zukunft. Alle Fragen, auf die ich noch immer keine Antwort gefunden hatte, fielen mir wieder ein: was hatte es auf sich mit den vielen Frauen, die im Schloß lebten? Und zu den alten Fragen traten neue: warum besuchte Morgan die Marquise vor Sonnenaufgang? Hatten sie die ganze Nacht im Gespräch verbracht? Warum war die Marquise zu ihrer 'Tante' so kalt gewesen? Worüber hatten sie gestritten? Ich wußte wohl, daß ich diese Fragen so bald nicht würde beantworten können, doch ich fand es unterhaltsam, mir über diese Dinge meine Gedanken zu machen. Zudem lenkte mich das Grübeln von der allerunangenehmsten Frage ab: was sollte ich tun, wenn meine Arbeit hier beendet war und Raoul auf seine Schule ging? Die Antwort hierauf fürchtete ich zutiefst.

5. KAPITEL

Die Zeit verging, und meine Dienstherrin grüßte mich, vor allem seit unserem unglückseligen Diner, viel freundlicher. Ich begann zu glauben, daß wir eines Tages vielleicht wirklich gute Freundinnen werden könnten, und dieses Vertrauen in unsere aufkeimende Freundschaft gab mir den Mut, sie anzusprechen und ihr einen Wunsch zu offenbaren, den ich seit langem hegte: ich wollte so gern ausreiten.

An einem Julitag kehrte ich nach dem Lunch gerade in mein Zimmer zurück, als ich ihr auf der Treppe begegnete. Sie war im Reitanzug, und ich sprudelte hervor, "Oh, Madame la Marquise, ich möchte Sie etwas fragen - wäre es möglich, mir ein Pferd zu geben? Ich bin in Irland oft geritten und vermisse es jetzt sehr."

"Hmm", murmelte sie nachdenklich, "warum nicht? Sie können wirklich reiten?"

"Oh ja!" rief ich fröhlich, doch dann erinnerte ich mich bekümmert, "aber ich habe ja keinen Reitanzug."

Die Marquise de Rochelle lächelte nachsichtig. "Ich besitze mehrere. Kommen Sie mit mir, Mademoiselle Torn."

Sie führte mich in ihr Ankleidezimmer und öffnete einen Schrank. Sie wählte einen dunkelgrünen Anzug und hielt ihn mir hin, um zu sehen, ob er mir gefiele. "Wenn es Sie nicht stört, Beinkleider zu tragen." - Sie hob eine Augenbraue und wartete, was ich erwidern würde.

"Oh nein, ich habe ohnehin nie gelernt, im Damensattel zu reiten. Ich danke Ihnen!" rief ich aus.

Sodann zog sie aus einem anderen Schrank ein Paar hoher Lederstiefel hervor, und obwohl ich protestierte, weil sie gänzlich ungetragen aussahen, bestand sie darauf, daß ich sie nahm. Und schon hielt sie einen grünen Hut in der Hand, der zu meinem Anzug paßte und wollte keine Widerrede hören.

"Gehen Sie jetzt, kleiden Sie sich um! Wir treffen uns bei den Ställen. Ich gehe jetzt und suche ein Pferd für Sie aus - ein feuriges, das zu Ihnen paßt, und ein dennoch sanftes Tier, bis Sie sich wieder ans Reiten gewöhnt haben." Sie schob mich fast den Flur entlang in Richtung meines Zimmers.

Dort angekommen, zog ich schnell den Reitanzug an. Er paßte wie angegossen, saß nur um die Hüften herum ein wenig eng. Die braunen Lederstiefel waren mir etwas zu groß, doch das schadete nichts. Bevor ich ging, rückte ich meinen neuen Hut zurecht und hielt inne, um mich in dem großen Spiegel zu bewundern, der im Foyer hing. Der dunkelgrüne Samt paßte wunderbar zu meinen Farben. Mein Haar erhielt davon goldene und kupferne Glanzlichter, und meine Augen, die sonst von einem klaren Kornblumenblau waren, hatten die Farbe des Samts angenommen und erschienen smaragdgrün.

Ich hatte noch nie zuvor Reithosen getragen, doch ich fühlte mich gleich wie berauscht von der Freiheit, die sie ihrer Trägerin gewährten. Unbehindert von der Last von Röcken und Unterröcken schlenderte ich zu den Ställen und suchte die Marquise.

Sie stand neben einem offensichtlich sehr zahmen Apfelschimmel und wartete auf mich.

Mein Gesicht schien meine Enttäuschung deutlich zu verraten, denn sie wies sogleich einen Stallburschen an, "Nehmen Sie Claire wieder mit, und bringen Sie Reine für Mademoiselle." Ihre Augen funkelten, als sie sich mir zuwandte und erklärte, "Reine ist die Schwester meines Roi." Sie deutete auf den schönen, schwarzen Wallach, den ich sie am Tage meiner Ankunft hatte reiten sehen.

Der Stallbursche brachte ein Pferd, das die sanftere Ausgabe des Reittiers der Marquise zu sein schien. Bevor ich aufsaß, fütterte ich Reine mit einigen Haferkörnern, um mich ihr vertraut zu machen. Dieses kleine Zeichen von Pferdeverstand trug mir ein anerkennendes Lächeln der Marquise ein.

Als wir eben aufbrechen wollten, kam eines der Mädchen vom Schloß her auf uns zugelaufen und übergab der Marquise einen Brief. Ihr Gesicht nahm den Ausdruck des Unmuts an. -- Sie saß ab. "Reiten Sie vorerst ohne mich", sagte sie, "ich treffe Sie auf der Wiese dort hinten." Sie deute nach Ost.

"Die Wiese hinter dem Kirschgarten?" fragte ich. Sie nickte und ging den Weg zum Schloß hinauf.

Reine war genau das richtige Pferd für mich. Zuerst gingen wir ein gemächliches Tempo, doch dann ließ ich ihr die Zügel schießen, und sie setzte sich in einen lebhaften Galopp. In der Nähe des Kirschgartens hielt ich an und blickte zurück. Das Schloß und alle umliegenden Gebäude schienen nun ganz klein. Die Marquise war nirgends zu sehen.

Ich setzte mit Reine über einen Graben und flog dann in

atemberaubendem Galopp über die Wiese. Als wir uns der Mitte der Fläche näherten, hörte ich ein furchtbares Geräusch, das ohrenbetäubender war als Donnerkrachen. Reine erschrak, bäumte sich auf und warf mich ab.

Ich blieb still im hohen Gras liegen - stundenlang, wie mir schien - denn ich hatte das Geräusch erkannt, obwohl ich es erst einmal und vor langer Zeit gehört hatte, als ich mit meinen Vettern auf die Jagd gegangen war. Kein zweiter Schuß fiel. Jetzt hörte ich nur noch das unheimliche Zischen des Windes, der durch die hohen Gräser strich. Wenn jemand mich töten wollte, überlegte ich, so hatte ich nur eine einzige Chance: liegen zu bleiben und mich totzustellen, damit der Angreifer sein Ziel erreicht glaubte und sich davonmachte. Auch die Strafen auf Wilddieberei waren so hart, daß ein Wilderer, der vielleicht versehentlich auf mich geschossen hatte, mich gewiß lieber tot sah, um nicht verraten zu werden.

Wie ich so dalag, ein Ohr an die Erde gepreßt, hörte ich plötzlich Hufgetrappel, das schnell näher kam. Ich lag weiter vollkommen reglos und hoffte aus ganzer Seele, daß dort nicht der Attentäter auf mich zukam, sondern die Marquise. - Sie war es! Sie sprang vom Pferd, fiel neben mir auf die Knie und zog mich in ihre Arme.

"Oh, Du liebstes Kind", stöhnte sie leise. Ich schlang meine Arme um ihren Hals und sank an ihren Körper.

Wie es schien, hatte ich nichts gebrochen, doch von Kopf bis Fuß schmerzte mich alles. Mein Hut lag in einiger Entfernung, und mein Haar hatte sich aufgelöst, so daß sie sich in meinen Locken verfing, als sie versuchte, sich aufzurichten. Sie blickte finster und bat mich, meine Arme und Beine zu bewegen. Ich gehorchte, obwohl mich jeder Zoll meines Körpers schmerzte, und ich konnte nicht aufhören zu zittern.

"Was ist vorgefallen?" fragte sie streng.

"Ich hörte ein schreckliches Geräusch, wie Donner. Es erschreckte Reine. Sie scheute, und ich . . . ich fiel herunter." Gegen meinen Willen schluchzte ich auf, und meine Zähne klapperten so sehr, daß ich kaum sprechen konnte. Obwohl die Sonne noch hoch am Himmel stand, kroch mir eine nie gekannte Kälte durch den Körper.

Die Marquise sah zum klaren Sommerhimmel auf. "Das war kein Donner", sagte sie schließlich. Ihre Stimme verriet mir, daß wir dasselbe, unheilvolle Gefühl teilten. Beide blickten wir in die Richtung des Kirschgartens und fragten uns stumm, ob der Schütze wohl noch immer dort lauerte.

"Versuchen Sie aufzustehen", drängte mich meine Freundin, "Stützen Sie sich auf mich."

Wirklich wankten meine Knie so sehr, daß ich nicht alleine stehen konnte. Die Marquise führte mich zu ihrem Pferd und half mir hinauf. Dann saß sie hinter mir auf und schlang ihre Arme um mich. Wir machten uns auf den Weg zum Schloß.

"Was geschieht mit Reine?" fragte ich und schmiegte mich in ihre Arme.

"Oh, sie wird nachhause finden", flüsterte sie in mein Ohr. Ich fühlte mich so geborgen, als wir langsam zurückritten, daß ich fast nichts anderes wahrnahm als die Wärme ihres Körpers. Die Tränen auf meinen Wangen trockneten, und meine Furcht verließ mich.

"Aber wenn sie verletzt ist?" fragte ich. "Im Augenblick ist einzig wichtig, daß S i e nicht verletzt sind", antwortete die Marquise trocken.

Als wir bei den Ställen ankamen, fragten wir nach Reine: sie war wirklich allein zurückgekehrt. Das Tier war unversehrt und sah mich aus großen - und wie mir schien, schuldbewußten - Augen an, als wollte es mich wegen seiner panischen Flucht um Verzeihung bitten.

Die Marquise ritt mit mir den ganzen Weg zum Schloß hinauf und half mir vom Pferd. Mademoiselle Dupont erwartete uns bereits, und ich wunderte mich, wie schnell sich Neuigkeiten doch herumsprechen.

Drinnen in der Halle hieß mich die Marquise auf einem Sessel niedersitzen, bis zwei der Mädchen erschienen, um mich in mein Zimmer zu bringen. Sie gab ihnen Anweisung, mich zu baden und zu Bett zu bringen. Dann drohte sie mir mit dem Finger und verbot mir, mich zu rühren, ehe nicht ihr Arzt mich untersucht hätte. Finster strebte sie wieder nach draußen, und ich erklomm demütig die Treppe, gestützt auf Danielle und das andere Mädchen, dessen Namen ich noch nicht kannte.

Danielle stellte sie mir vor; sie hieß Aline. - Daß ich schon seit einiger Zeit von ihrer Freundschaft wußte, verriet ich ihnen nicht, denn es war Aline gewesen, die ich mit Danielle in dem kleinen Weiher hatte schwimmen sehen. Als wir in meinem Zimmer waren, half Danielle mir beim Auskleiden. Aline holte Badetücher und brachte heißes Wasser aus der Küche. Beide bestanden darauf, mich zu baden und brachen in mitleidige Ausrufe aus, als sie nach und nach die vielen Blutergüsse entdeckten, die sich schon in dunklen Flecken über meinen Körper ausbreiteten. Sie ließen nicht zu, daß ich sprach und behandelten mich, als wäre ich so zerbrechlich, daß die Anstrengung, auch nur einen Satz zu sagen, mir die letzte Kraft rauben würde. Und ach, ich fühlte mich zu matt, um mit ihnen zu streiten.

Sie halfen mir, in mein Nachtgewand zu schlüpfen und steckten mich ins Bett. Nachdem Aline gegangen war, machte sich Danielle noch immer im Zimmer zu schaffen, als hätte sie Angst, mich allein zu lassen. "Es geht mir wirklich gut", versicherte ich ihr, "Sie können jetzt beruhigt gehen."

"Aber Madame la Marquise hat mir das Versprechen abgenommen, bei Ihnen zu bleiben", sagte Danielle und verschränkte die Arme vor der Brust, um ihrer Äußerung Nachdruck zu verleihen.

"Ich bin jedoch weder invalide noch hilflos", protestierte ich. Danielle aber rührte sich nicht von der Stelle und blieb hartnäckig auf dem Stuhl neben meinem Bett sitzen. Ich leistete noch einige Minuten Widerstand und schlief dann ein.

Ein oder zwei Stunden später weckte mich Danielle. Neben ihr stand ein kleiner alter Mann, der Arzt der Marquise.

"Mademoiselle", sagte Danielle sanft, "das ist Doktor Moreau. Er will sich Ihre Verletzungen ansehen."

Danielle zeigte ihm die dunklen Flecken auf meinen Armen und Beinen, die nun schon eine viel tiefere Färbung angenommen hatte. Der Arzt nickte, holte aus seiner schwarzen Tasche eine Salbe hervor und wies Danielle an, diese solange auf die verletzten Stellen zu streichen, bis sie verschwunden wären. Er untersuchte mich und schien zufrieden, daß ich keine Knochenbrüche davongetragen hatte.

Als uns der Arzt verließ, brach schon die Dämmerung herein. Danielle entzündete eine Kerze, und bald darauf kam Aline mit meinem Abendessen. Raoul folgte ihr auf dem Fuße und war begierig, sich zu vergewissern, daß ich auch "wirklich nicht sehr krank" war. Ich mochte nichts essen, schwatzte aber ein wenig mit Raoul, und nachdem er sich davon hatte überzeugen können, daß es mir recht gut ging, scheuchte ihn Danielle sanft aus dem Zimmer mit der Mahnung, seine Mutter würde sehr ärgerlich werden, wenn Mademoiselle nicht genügend Ruhe bekäme.

Als Danielle eben das Tablett mit meinem unberührten Abendessen hinausbringen wollte, klopfte es scharf an der Tür und die Marquise de Rochelle trat ein. Sie und Danielle sprachen sehr leise miteinander, und ich strengte mich vergeblich an, ihre Unterhaltung zu verstehen. Danielle ging; die Marquise schritt durchs Zimmer und blieb am Fußende meines Bettes stehen. Sie trug noch immer ihren Reitanzug und sah sehr erschöpft aus.

"Ich habe mit dem Arzt gesprochen, und er ist wie ich der Ansicht, daß Sie unbedingt ruhen müssen, bis Sie sich vollständig erholt haben." Sie trat an die Seite meines Bettes und schlug mit einer raschen Handbewegung die Decken zurück. "Zeigen Sie mir Ihre Verletzungen", befahl sie brüsk.

Ich wollte mich aufsetzen, doch sie ließ es nicht zu. Vorsichtig schlug sie die Ärmel meines Hemdes zurück, um meine Arme zu untersuchen. Als sie auch den Saum des Hemdes zurückstreifte fragte ich mich, ob sie mich am Ende ganz entkleiden wollte. Unter dem interessierten Blick des Arztes hatte ich mich sehr unbehaglich gefühlt, als ich ihm meine Arme und Beine zeigen mußte, doch die Vorstellung, meinen ganzen Körper vor den dunklen Augen der Marquise zu entblössen erfüllte mich von Kopf bis Fuß mit rieselndem Feuer. Sie betrachtete jedoch nur meine Gliedmaßen und deckte mich wieder zu. - Ich seufzte vor Erleichterung.

Die Marquise öffnete das Salbengefäß, welches der Arzt auf meinem Nachttisch zurückgelassen hatte und roch daran. Lange schwieg sie dann und schien nach Worten zu ringen. "Mademoiselle Torn", flüsterte sie schließlich heiser und wollte sich gerade auf den Stuhl neben meinem Bett setzen, als Danielle wieder hereintrat.

Wütend bellte unsere Herrin, "Klopfen Sie an, bevor Sie eintreten! Und jetzt gehen Sie. Ich werde Sie rufen, wenn ich Sie brauche." In etwas sanfterem Ton fügte sie hinzu, "Bitte gehen Sie und essen Sie zu abend. Ich denke, Mademoiselle Torn wird die Nacht allein verbringen können."

Als wir wieder allein waren, legte die Marquise ihre Hand auf die meine. Sie sprach sehr langsam, als versuchte sie noch immer, ihren Ärger zu unterdrücken. "Mademoiselle Torn, wir haben den ganzen Besitz abgesucht, ohne einen Verdächtigen zu finden. Das ist auch kaum verwunderlich, denn ich konnte mir denken, daß dieser Lump sich gleich auf und davon gemacht hatte. Dennoch halte ich es für besser, daß Sie nicht mehr ausreiten."

Uneingedenk meines schrecklichen Erlebnisses gab ich doch einen Ausruf der Enttäuschung von mir. Einen Augenblick lang wurden die Augen meiner Freundin schmal; unbeholfen streichelte sie meine Hand und sagte tröstend, "Es ist ja nicht für alle Zeit. Wir müssen nur zunächst herausfinden, was geschehen ist. Ich habe auf Hinweise, die zur Ergreifung dieses Schurken führen eine hohe Belohnung ausgesetzt. Haben Sie Geduld, Mademoiselle Torn." Sie lächelte matt. "Und schätzen Sie sich glücklich, daß dieser Anschlag so glimpflich ausgegangen ist."

Einen Augenblick lang bildete ich mir ein, Tränen in ihren Augen zu sehen, doch gleich senkte sie ihre dunklen Wimpern und betrachtete meine bis aufs Blut abgebissenen Fingernägel. "Scheußliche Angewohnheit", bemerkte sie. Ich entzog meine Hände ihrem kritischen Blick und steckte sie unter die Decke.

"War es ein Wilderer?" fragte ich. Die Marquise schnitt eine Grimasse und hob Hände und Schultern in jener typisch französischen Art. Ganz leise sagte sie, "Ah, Mademoiselle, beten Sie, daß mir diese Kreatur nicht in die Hände fällt, denn dann ist sein Leben keinen Sou mehr wert."

Mir stockte der Atem bei dieser plötzlichen Offenbarung ihrer stählernen Entschlossenheit. Nach einigen Minuten befangenen Schweigens erhob sie sich, beugte sich über mich und küßte mich leicht auf die Stirn. Ich roch den angenehmen Moschusgeruch ihres Schweißes. "Sind Sie selbst über den ganzen Besitz geritten?" fragte ich ungläubig.

"Ja, natürlich", sagte sie, verwundert, wie ich daran zweifeln konnte. Sie wiederholte noch einmal die Anweisungen des Arztes und ging.

Es dauerte mehrere Tage, bis ich mich wieder vollständig erholt hatte, und Danielle berichtete mir, daß sich die Marquise unermüdlich nach den Fortschritten meiner Genesung erkundigte. Doktor Moreau kam noch einmal und war mit den Erfolgen seiner Behandlung sehr zufrieden.

Die Tage wurden heißer; ich kehrte zu meinem gewöhnlichen Tagesablauf zurück und vergaß das Ereignis auf der Wiese langsam. Die Marquise sah ich kaum, und wenn ich ihr einmal begegnete, war sie kalt und hielt Distanz. Ihr Betragen ernüchterte mich, und ich war traurig darüber, daß unsere Freundschaft derart grausam und auf so mysteriöse Weise im Keime erstickt worden war.

6. KAPITEL

Den ganzen Sommer über wartete ich vergeblich, daß mich die Marquise zu einem neuerlichen Schachspiel einlud. Ganze Wochen vergingen, ohne daß ich ihrer ansichtig wurde. Manchmal aber hörte ich sie am Schulzimmer vorübergehen, wenn ich Raoul gerade unterrichtete.

Eines Morgens im späten August plante ich gerade die Lektionen für den nächsten Tag und Raoul brütete über einem lateinischen Text, als ich den vertrauten Schritt auf dem Korridor hörte. Diesmal ging sie nicht vorüber, sondern blieb in der offenen Tür stehen. Raoul strahlte sie an, als sie hereintrat. Die Marquise küßte ihn auf die Stirn und hieß ihn in seiner Arbeit fortfahren.

Sie nickte mir zu und bat mich mit ihrer tiefen, melodischen Stimme um Verzeihung, "Bitte lassen Sie sich durch mich nicht stören." - Ihre Gegenwart verwirrte mich so sehr, daß mir nichts besseres einfiel, als mich weiter über meine Lektionen zu beugen. Ich beobachtete sie jedoch aus dem Augenwinkel - ein Trick, den ich in meiner Kindheit bis zur Perfektion entwickelt hatte.

Dunkle Schatten lagen um ihre Augen, und sie schien mir von Melancholie verhangen. Ich verfolgte, wie sie sich langsam durchs Schulzimmer bewegte, verschiedene Gegenstände aufnahm und wieder fortlegte. Mehrere Bücher und andere Dinge besah sie sich so. Sie sprach nicht und verließ dann das Zimmer ebenso leise wie sie gekommen war. An der Tür drehte sie sich um - und ertappte mich dabei, wie ich sie nun offen anstarrte. Einen Lidschlag lang lächelte sie - und war fort.

Der nächste Nachmittag war schwül und heiß. Ich schickte Raoul mit seinem Kindermädchen zum Mittagschlaf und wollte mich selbst ebenfalls niederlegen. Bald aber entdeckte ich, daß es viel zu heiß war, um zu ruhen. Schließlich fand ich, daß ein wenig frische Luft genau das Richtige wäre, um meine Lebensgeister zu wecken. Auf meinem Weg nach draussen sah ich mich im Spiegel: auf meiner Oberlippe glänzten winzige Schweißperlen. Dies war der erste Sommer, den ich nicht größtenteils im Freien verbrachte, und darum hatte ich nicht halb soviele Sommersprossen wie sonst. Mein Gesicht war ungewöhnlich blaß und angespannt. Ich zuckte die Achseln wie um meine Schwermut abzuschütteln und trat ins Sonnenlicht. Es war drückend heiß und schwül.

Alle sagten, wir hätten die schlimmste Hitzewelle, die die Region seit vielen Jahren erlebte. Das Gras war überall schon trocken und dürr. Als ich durch den Garten schlenderte, fiel mir eine merkwürdige Unterhaltung wieder ein, die ich am Morgen mit Danielle gehabt hatte. Sie hatte mir erzählt, daß eine gewisse Lady Barbara Creighton, eine enge Freundin der Marquise, am Abend zuvor aus England eingetroffen war. Danielle versicherte mir, die Dame sei sehr schön und ein häufiger Gast im Schloß. An diesem Punkt hielt sie einen Augenblick inne, als erwartete sie eine Entgegnung von mir. Ich jedoch wünschte, daß sie fortfuhr und mir verriet, was ich wissen sollte. Danielle sagte, die Freundin der Marquise sei sehr verwöhnt und die Dienstboten sähen sie nicht eben gern, weil sie herrisch und hochfahrend war. Ihr Besuch war diesmal offenbar unerwartet gewesen, und die Marquise schien über die Ankunft Lady Barbaras nicht sehr erfreut zu sein. - Als ich Danielle drängte, mir mehr zu erzählen, warf sie mir einen seltsamen Blick zu und weigerte sich, ausführlicher zu werden.

Ich grübelte über dieses Gespräch nach, während ich so vor mich hin ging. Die Marquise empfing nur selten Gäste, und ich war neugierig, ihre Freundin zu sehen. Vielleicht konnte ich am Abend ein wenig vor dem Speisezimmer herumtrödeln und so einen Blick auf Lady Barbara werfen.

Gedankenverloren erreichte ich den Waldrand und wußte gar nicht, wie ich dort hingekommen war. Ich trat in den kühlen Schatten der Bäume und erinnerte mich wieder an Morgan und ihr Cottage. Wochenlang hatte ich nicht mehr an sie gedacht, doch jetzt beschloß ich, sie aufzusuchen. Vielleicht konnte ich von ihr mehr über die Person erfahren, die der Mittelpunkt aller meiner Gedanken war - die Marquise de Rochelle. Ich wollte Morgan fragen, ob sie wirklich Schwestern waren, denn meiner Dienstherrin diese Frage zu stellen hatte sich nie eine Gelegenheit ergeben. Kaum stand mein Entschluß fest, Morgan zu besuchen, als ich wie durch eine wundersame Fügung auch schon den Pfad fand, dem ich mit Raoul seinerzeit gefolgt war.

Im Wald war es etwas kühler, aber dennoch transpirierte ich heftig, als ich die Lichtung endlich erreichte und die geöffnete Tür von Morgans Haus erspähte. Ich lehnte mich an den Türrahmen und wartete, daß meine Augen sich an die Dunkelheit gewöhnten. Ein graues Kätzchen rannte an mir vorbei ins Freie. Da im Haus sonst niemand zu sein schien, ging ich außen herum, um Morgan zu suchen. Hinter dem Haus fand ich einen ungewöhnlichen Garten, umzäunt von einem Spalier, das voller blauer Trauben hing. Durch eine Pforte trat ich ein und betrachtete die regelmäßigen Reihen von Blumen, Bäumen und Sträuchern. Ich bemerkte nicht, daß Morgan inzwischen herangekommen war, bis sie sich plötzlich hinter mir räusperte. "Oh, guten Tag", krächzte ich erschreckt. Sie stand unter der Pforte, durch die ich gerade hereingekommen war. Ihre große Gestalt stand vor der sinkenden Sonne und die Dunkelheit ihrer Erscheinung wurde dadurch noch betont. Sie hielt einen Spaten in der Hand, an dem frische Erde klebte. Auch das Vorderteil ihres Rocks, an dem sie offenbar ihre Hände abgewischt hatte, war davon gesprenkelt. Als sie meinen Gruß nicht erwiderte wurde mir deutlich, daß ich sie schon zum zweitenmal unangemeldet besuchte und sie gewiß störte. Entschlossen, diese seltsame Frau alleinzulassen ging ich auf die Pforte zu. Ich schämte mich, weil ich geglaubt hatte, mich ihr aufdrängen zu dürfen, und ihre finstere Gestalt ließ mich mein Vergehen nur noch schlimmer empfinden. Ich wollte fort, doch sie trat nicht zur Seite, um mich vorbeizulassen. Nachgerade wurde ich wirklich etwas ängstlich und starrte auf ihre Wangennarbe, die mir weißer und tiefer schien als zuvor.

"Verzeihen Sie mir", piepste ich. Morgan sagte nichts und blieb reglos stehen. "Es tut mir leid; ich werde nicht noch einmal kommen", sagte ich entschuldigend und sah weiter auf die Narbe, die von der Nasenwurzel bis zum Ohr lief. Meine Augen wanderten über ihre hohen Wangenknochen und die Falten ihres orangefarbenen Turbans. Ich wußte, daß sie keine Orientalin war und konnte mir nicht erklären, warum sie sich so kleidete. Vielleicht war sie Teil eines Familiengeheimnisses - eine Wahnsinnige, möglicherweise - und am Ende bot dies die Erklärung dafür, daß niemand außer Raoul, dem unschuldigen Kind, das er (-wenigstens meistens -) war, ihre Existenz je erwähnt hatte.

Sie schien den Aufruhr meiner Gefühle zu ahnen. Blitzschnell bückte sie sich und stach den Spaten zwischen uns in die Erde. Ich sprang mit einem leisen Aufschrei zurück, doch dann erwiderte mein irisches Temperament ihren belustigten

Blick mit wütendem Funkeln. Darauf blitzen ihre Augen und ihre Lippen zuckten vor unterdrücktem Gelächter. "Folgen Sie mir, Mademoiselle Torn", befahl sie. Sie schritt an mir vorbei und sah sich nicht nach mir um. In der Mitte des Gartens blieb sie stehen. "Kommen Sie hierher", bat sie mich, bückte sich und brach einen Zweig von einer buschigen Pflanze ab, den sie mir überreichte.

Auf meinen fragenden Blick murmelte sie mit ihrem seltsamen Akzent, "Da Sie eine junge Frau sind, so werden Sie manchmal unter dem leiden, was 'Der Fluch' genannt wird, und diese Pflanze lindert die Krämpfe. Verwenden Sie jedoch immer nur ein Blättchen, wenn Sie sich den Tee daraus bereiten. Zwei Blättchen, wenn Sie nicht schlafen können. Nicht mehr! Wenn dieses Kraut im Übermaß genossen wird, ist es sehr gefährlich. Zuviel davon würde Sie in tagelangen - und vielleicht ewigen - Schlaf versetzen. Sein süßer Geschmack ist trügerisch. Die meisten gefährlichen Kräuter schmecken bitter - eine Warnung der Natur an die Unschuldigen." Ihre Mundwinkel hoben sich in einem scheuen Lächeln.

Ihr Benehmen, welches ich nur als fremdartig bezeichnen konnte, überraschte mich; sprachlos stand ich da und umklammerte ihr seltsames Geschenk.

"Sie glauben, ich sei verrückt, nicht wahr?" Ihre scharfen Augen blickten herausfordernd in die meinen, und ich errötete, weil sie meine Gedanken gelesen hatte.

Morgan seufzte und winkte mir abermals, ihr zu folgen. Sie führte mich in ihr Haus, schob mich zu einem kleinen Tisch und bat mich, zum Tee zu bleiben. Während sie das Feuer entfachte und einen Kupferkessel über die Flammen hing, saß ich steif und unbehaglich auf meinem Stuhl.

Fieberhaft überlegte ich, ob es wohl ganz ungefährlich wäre, ihren Tee zu trinken. Ich beschloß, sie zuerst einen Schluck nehmen zu lassen und dann erst ihrem Beispiel zu folgen. Sie nahm aus einer Reihe kleiner grüner Glasgefäße eines heraus und hielt es mir unter die Nase. Das starke, frische Aroma von Minze stieg auf und erfüllte die Luft. Ich sah zu, wie Morgan einige Blättchen auf zwei Becher verteilte und mit kochendem Wasser übergoß. Sie brachte die Becher zum Tisch und setzte sich mir gegenüber.

"Ich fürchte, Sie zu stören", sagte ich und starrte wieder auf ihre Wangennarbe.

"Oh, ce n'est rien", antwortete sie, "Wir wollen Tee trinken. Es tut mir leid, daß ich Ihnen kein Gebäck anbieten kann. Ich selbst esse keine Süßigkeiten und halte sie nur bereit, wenn ich Raouls Besuch erwarte. Trinken Sie Ihren Tee mit Zucker?"

Ich nickte und sah zu, wie Morgan zwei Löffel Zucker in meine Tasse gab. Wieder fragte ich mich, wie alt sie wohl sein mochte. Auf ihrem Handrücken traten die Adern hervor wie bei einer alten Frau, doch ihr Gesicht wies kein einziges Fältchen auf, und ihre Augen blitzten wie die eines übermütigen Kindes.

Morgan trank von ihrem Tee und murmelte, "Ich bin Dianes Tante - die Tante der Marquise." Zum erstenmal hörte ich ihren Vornamen nennen, und endlich erfuhr ich die Antwort auf eine meiner vielen Fragen über meine geheimnisvolle Herrin! Morgan wußte so vieles, und vielleicht würde sie mir einiges davon erzählen. Ich richtete mich in meinem Stuhl auf ein langes Gespräch ein, sagte "Oh!", und Morgan schien keiner weiteren Aufforderung zu bedürfen. Mit ihren langen, dünnen Fingern fuhr sie sich über die Narbe und räusperte sich.

"Dieser Raoul ist ein kluges Bürschlein, nicht wahr?" Sie betrachtete mich unverwandt und wartete, was ich sagen würde. Ich nickte eifrig, denn ich hatte gerade einen Schluck Tee genommen und konnte nicht antworten. Langsam ließ ich die heiße Flüssigkeit die Kehle hinunterrinnen und genoß den angenehmen Geschmack. Morgans Augen blitzten belustigt. Sie schien zu wissen, welchen Verdacht ich gehegt hatte. Doch ich hatte schon begonnen, mich in ihrer Gegenwart sehr wohl zu fühlen und beugte mich vor, um sie besser zu verstehen, als sie fortfuhr, "Er ist ebenso klug wie seine Mutter. Manchmal verwechsle ich die beiden noch heute: ihre Kinderstreiche sind sich so ähnlich. Ich vergesse, daß es Diane war, die seinerzeit einen besonders schlimmen Unsinn angestellt hat, wenn ich Raoul vor mir sehe, und spreche ihn darauf an, der freilich von gar nichts weiß. Diane hat mir von Ihnen erzählt. Sie scheint sehr glücklich über Ihre Art, mit dem Jungen umzugehen." Sie hielt inne, und als ich erwartungsvoll nickte, fuhr sie fort, "Diane war das einzige Kind ihrer Eltern und hat sich als Mutter nie besonders nützlich gefühlt. Sie behauptet, sie wisse einfach nicht, wie sie mit Kindern sprechen solle, weil sie dazu neige, sie entweder als Babies oder als Erwachsene zu behandeln. Haben Sie viele Geschwister, da Sie so gut mit Kindern umgehen können?" Ich schüttelte den Kopf. "Nein?" fragte sie, "Wie seltsam, Diane war überzeugt, Sie hätten viele Brüder und Schwestern. Oder nein, sie sagte:

Vettern und Cousinen." Wieder nickte ich nur und fühlte mich doch bei dieser Abweichung von meiner gewöhnlich eher wortreichen Art nicht im gerinsten unbehaglich.

Ich vermutete, daß derartige Gespräche für Morgan eine Seltenheit waren und wollte sie nicht unterbrechen. Ich war es ganz zufrieden, ihr nur zuzuhören. Gleich darauf bestätigte Morgan meine Ahnung: "Ich habe so selten Freunde zu Besuch und mache darum wenig neue Bekanntschaften. In irgend einer Weise habe ich das vermißt. Die Menschen, welche mir nahe sind - Diane, Raoul, Denise - kenne ich schon so lange, daß wir uns häufig ohne Worte verständigen. Ja, wirklich: ich vermisse es, keine neuen Freundinnen zu gewinnen. Und Sie, Mademoiselle Torn, haben Sie viele Freundinnen?"

Morgans Frage überrumpelte mich, und ich spie den Tee aus, den ich gerade hatte trinken wollen. Nachdem ich den Tisch abgewischt hatte gestand ich, "Nein, auch ich suche sie. Bieten Sie mir Ihre Freundschaft an?" Ich fühlte mich in diesem Augenblick sehr würdig und sehr ernst - und empfand es darum als besonders albern, als ich plötzlich haltlos zu niesen anfing. Mühsam brachte ich hervor, "Ich glaube, ich habe kleine Teeblätter in die Nase bekommen!" Morgan reichte mir ein Taschentuch, und um ihre Lippen zuckte es, als ich mir die Nase putzte. "Ja", sagte sie, als meine Nieseattacke endlich vorüber war, "ja, ich glaube, wir können Freundinnen werden. Ich will versuchen, etwas darüber zu erfahren. Wollen Sie in die Zukunft blicken?" Sie setzte eine schwere Kristallkugel auf den Tisch und rollte sie auf mich zu. "Schauen Sie hinein und sagen Sie mir, was Sie sehen!" befahl sie.

Ich nahm die kalte Glaskugel auf und drehte sie in den Händen hin und her. Dicht darüber gebeugt blickte ich hinein, doch ich sah nur die rosigen Linien meiner Handflächen. Morgan drängte mich, ganz gesammelt hineinzusehen, doch es erschien nichts.

"Nun gut", räumte sie ein, "ich wollte nur sehen, ob Sie die Gabe besitzen. Aus irgend einem Grund war ich davon überzeugt, Sie hätten sie. Vielleicht aber sind Sie noch ein wenig zu jung." Sie nahm mir die Kugel ab und umfaßte sie. Während sie nun hineinblickte, wurde ihr Gesicht zur steinernen Maske; es verriet keinerlei Gemütsbewegung, und ihre Augen blieben gesenkt. Ich hatte keine Vorstellung von dem, was sie sah, und ob es etwas Gutes oder Böses wäre. Als ich schließlich vor kindischer Neugierde und Ungeduld schon fast zersprang, blickte sie auf und lächelte mich an. - Es war ein ganz reizendes Lächeln.- "Sie werden mit jemand ein langes und glückliches Leben verbringen; diese Person ist Ihnen jetzt noch fremd, doch sie kommt näher und näher. Ich sehe diese Person - groß, dunkel, - und schön." Dieses letzte sagte sie scheinbar todernst, doch ich sah, daß sie schon wieder ihr Gelächter unterdrückte. Sie machte sich über mich lustig!

"Aber Morgan", protestierte ich, "ich bin schließlich dazu bestimmt, mich Gott zu weihen! Alles was ich mir unter einer Hochzeit vorstellen kann ist der Tag, an dem ich eine 'Braut Christi' werde, eine Nonne!"

Morgan gluckste vergnügt und dann sagte sie so leise, daß ich mich über den Tisch beugen mußte, um sie zu verstehen: "Wir werden sehen, Mademoiselle Torn."

Ich wußte nicht, ob ich an ihre Wahrsagerei glauben sollte, aber wir lachten zusammen, als ich ihr davon erzählte, wie meine Mutter so zu tun pflegte, als läse sie mir aus der Hand und dann jedesmal unweigerlich verkündete, eines Tages würde ich den Prinzen von Wales heiraten! Morgan bat mich, ihr mehr von meinem Familienleben zu erzählen. Nach einer Weile schüttelte sie den Kopf und murmelte, "Nomaden sollten keine Kinder haben."

Nach einer weiteren Tasse Tee und einigen weiteren Anekdoten über Raouls Ähnlichkeit mit seiner Mutter merkte ich, daß die Sonne schon sehr tief stand. Ich war stolz darauf, den Pfad durch den Wald gefunden zu haben, doch im Dunkeln würde ich ihn gewiß nicht zurückverfolgen können. - Morgan nahm mir das Versprechen ab, sie in der folgenden Woche wieder zu besuchen, und ich sprang, den Kräuterzweig in der Hand, über die Lichtung davon.

Es war noch nicht ganz so spät wie ich geglaubt hatte, und die Sonne flackerte durch das Blätterdach über mir. Nach der angenehmen Kühle in Morgans Cottage war es im Walde heiß und stickig, und ich blieb einen Augenblick stehen, um Atem zu schöpfen. Hitze vertrug ich gut, doch ich haßte es, wenn die Feuchtigkeit der Luft das Atmen schwermachte. Als ich stillstand, hörte ich wieder das Rieseln des Wassers, das sich die Felsen hinunter in jenen kleinen Teich ergoß, in welchem ich Danielle und Aline vor einiger Zeit hatte spielen sehen. Es kam mir in den Sinn, daß ich meine Füße im Wasser kühlen könnte, und ich ging auf den Teich zu, blieb jedoch gleich wieder wie angewurzelt stehen, als ich aus dieser Richtung Stimmen hörte, deren eine ich sofort erkannte. Die andere

Stimme war höher und sanfter.

- Ich wußte sehr wohl, daß mein Vorhaben nicht nur ungehörig, sondern geradezu verachtenswert war, und doch: irgend etwas zwang mich, die Sprecherinnen zu belauschen. Langsam, vorsichtig und geräuschlos näherte ich mich den Büschen, welche den Weiher umgaben. Noch bevor ich verstehen konnte, was sie sagten, sah ich sie: die Marquise - wunderschön in ihrem dunklen Reitanzug - und ihr gegenüber eine Dame, die aussah wie eine Puppe. Zuerst bemerkte ich nur die kleinen, goldenen Löckchen und den rosa Taft, der sie umschwebte. Dies mußte Lady Barbara Creighton sein!

Die beiden Frauen waren offenbar in ein ernstes Gespräch vertieft. Die Dame in Rosa schien zu bitten, zu drängen, und die Marquise stand mit verschränkten Armen ihr gegenüber; ihre Augen waren halbgeschlossen. Auf ihrem Gesicht lag jener Ausdruck kühler Gleichgültigkeit, den ich nur zu gut kannte. Schließlich zerrte die Dame sie wütend am Ärmel, und darauf packte die Marquise beide Hände ihrer Freundin.

Aus Furcht sie könnten mich hören wagte ich mich nicht näher heran und duckte mich tief ins Gebüsch. - Vielleicht wäre es besser für mich gewesen, wenn ich entdeckt worden wäre und die Folgen hätte tragen müssen - besser, als Zeugin der Szene geworden zu sein, die ich nun sah. - Als die Dame in ihren flehentlichen Bitten fortfuhr, nahm das Gesicht der Marquise einen sanfteren Ausdruck an. Es überraschte mich, daß ein solches Betragen imstande war, das Herz der Marquise zu erweichen, doch offenbar tat es das, denn sie streckte die Hand aus und streichelte die blonden Locken ihrer Freundin. Dann schmiegten sich beide eng aneinander, als wollten sie sich etwas ins Ohr flüstern. - Und hierauf taten sie etwas, von dem ich wünschte, ich hätte es nicht gesehen, - etwas so absolut Schockierendes, daß ich meinen Augen kaum trauen wollte: sie küßten sich mitten auf den Mund - und die Marquise liebkoste den schlanken Leib ihrer Freundin durch die rosa Seide hindurch. Ich vermochte es nicht länger mitanzusehen. Das Herz schlug mir bis zum Halse; Gesicht und Ohren brannten wie Feuer. Wie schon einmal in einer peinlichen Situation kroch ich zurück in den Schutz der Bäume; ich fand den schmalen Pfad, eilte durch den Wald zurück zum Schloß und in die Zuflucht meines Zimmers.

Dort versuchte ich, mich zu beruhigen, doch nichts, nicht einmal der Beginn meiner Freundschaft mit Morgan vermochte mich zu trösten. Weh mir, ich hatte für mein Spionieren wahrlich die schlimmste Strafe erhalten; ich hatte etwas gesehen, das wahrgenommen zu haben ich noch bereuen würde. - Mich hatte eine Ahnung von etwas überkommen, über das ich lieber in Unwissenheit geblieben wäre.

An diesem Abend verweilte ich mich nicht vor dem Speisezimmer, wie ich es vorgehabt hatte. Ich gab vor, krank zu sein und zog mich zurück. Es war mir gänzlich unmöglich, etwas zu essen.

Ich konnte mir nur immer und immer wieder die Szene vor Augen führen, deren Zeugin ich am Nachmittag gewesen war.

7. KAPITEL

Mehrere Tage lang schlich ich durchs Schloß und vermied es peinlichst, der Marquise oder ihrer Freundin zu begegnen. Ich hatte beschlossen, alles zu vergessen, was ich am Weiher zufällig beobachtet hatte. Ich würde mir das bittersüße Vergnügen nicht gestatten, die wahre Bedeutung dessen zu erraten, was ich die Marquise hatte tun sehen. Dennoch wurde mir beklommen zumute bei dem Gedanken, einer der beiden Frauen von Angesicht zu Angesicht gegenüberzustehen. Fast eine Woche lang glückte es mir, ihnen auszuweichen. Wann immer ich die Marquise auf der Treppe hörte, versteckte ich mich schnell. Einigemale hätte sie mich fast gesehen, doch ich entkam stets in letzter Sekunde und fing schon an, mir auf meine Schlauheit etwas einzubilden.

Eines Tages jedoch - ich wollte in der Halle gerade einen Brief in den Postkorb legen - hatte ich weniger Glück. Der Brief war an Soeur Marie Claire gerichtet, und ich hatte darin geschrieben, daß ich gewiß zum Fest von Notre Dame des Cerises kommen würde, welches am kommenden Donnerstag stattfinden sollte. Soeur Marie Claire hatte mir vor einer Woche geschrieben, um mich an diesen besonderen Tag zu erinnern.

Gegenwärtig war ich sehr damit beschäftigt, meinen Gemütszustand zu erforschen, was meinen Besuch im Kloster betraf - jenem Ort, den ich nie wirklich als mein 'Heim' hatte bezeichnen können. Nachdenklich warf ich den Brief in den Korb und sah zufällig in den darüber hängenden Spiegel. - Neben meinem eigenen überraschten Gesicht gewahrte ich darin das hinreißende Spiegelbild der Marquise! Sie stand vor der Tür der Bibliothek und blickte mich unverwandt an. Unsere Augen trafen sich im Spiegel. - Wie könnte ich jemals die eigentümliche Innigkeit dieses Blicks vergessen, diese unwiderstehliche Empfindung stürmischen Aufruhrs!

Wie ein ängstliches Schulmädchen drehte ich mich um - keineswegs mehr die selbstbewußte junge Frau, die ich zu sein versuchte. Ich war dabei so nervös, daß sie glauben mußte, ich hätte einen Brief aus dem Korb stehlen wollen, nicht einen hineinlegen. Ich streckte meine leeren Hände aus, als könnte das meine Unschuld beweisen. Mit den Augen flehte ich sie an, mir zu glauben, und meine Stimme schwankte, als ich erklärte, "Ich schicke gerade einen Brief an Soeur Marie Claire. Am Donnerstag will ich hinfahren. Am kommenden Donnerstag. Es ist das Fest von Notre Dame des Cerises - ein besonderer Tag für alle in unserem Orden . . ." - Meine Stimme brach, und ich bekämpfte verzweifelt den Drang, in Tränen auszubrechen.

"Wie werden Sie dort hinkommen?" fragte sie in ihrem fürsorglichsten Ton und trat auf mich zu.

"Oh, Soeur Marie Claire wird den kleinen Wagen schicken." - Ich fühlte, wie ich unter ihrem Blick errötete, der meine Augen noch immer festhielt.

"Am Donnerstag", überlegte sie. Sie verfiel in gespielte Nachdenklichkeit, legte den Zeigefinger an die Unterlippe und runzelte ein wenig die Stirn. "Hmmm . . ., wissen Sie, ich habe vor, gerade an diesem Tag eine alte Freundin in Pomme zu besuchen. Sie fahren mit mir in der Kutsche. Sagen Sie Soeur Marie Soundso, daß ich Sie am Morgen bringen und am Nachmittag wieder abholen werde." Ihr Entschluß schien ihr Vergnügen zu bereiten, doch dann fügte sie hinzu, "Falls Sie mit diesem Arrangement einverstanden sind."

Ich war sprachlos - wie so häufig in ihrer Gegenwart - und fühlte in diesem Moment eine Woge von Erregung und von Furcht über mir zusammenschlagen als ich mir vorstellte, wie es sein würde, die ganze Fahrt über mit der Marquise allein zu sein, in ihrer prächtigen Kutsche. Nach außen hin versuchte ich jedoch, Gleichgültigkeit vorzutäuschen.

Ich erbrach das Siegel meines Briefes, und sie lud mich ein, in die Bibliothek zu kommen und ihre Feder zu benutzen. Ich nahm an, bedauerte es jedoch bald, denn während ich mein Postskriptum an Soeur Marie Claire schrieb, beugte sie sich tief über meine Schulter und sah mir zu. - Als ich das Blatt wieder zusammengefaltet hatte, streckte sie die Hand aus. "Darf ich?" fragte sie. Ich gab ihr den Brief und sah zu, wie sie ihn mit ihrem eigenen Siegellack verschloß, welcher die Farbe frischen Blutes hatte. Sie gab mir den Brief zurück. Ich dankte ihr und brachte ihn wieder zum Postkorb in die Halle.

Während ich nun die Treppe hinaufging, dachte ich über die merkwürdige Hilfsbereitschaft der Marquise nach. Ich fragte mich, ob ihr Angebot wirklich ihrem Wohlwollen entsprang, oder ob es vielleicht eher dazu dienen sollte, zu zeigen, wie souverän sie jegliche Situation zu beherrschen vermochte. Zorn erfüllte mich als ich mir ins Gedächtnis rief, mit welcher Gefügigkeit ich mich ihrem Vorschlag gebeugt hatte. Einen Augenblick lang wollte ich wieder hinunter laufen und meinen Brief zerreißen; ich wollte ihn neu schreiben und Soeur Marie Claire versichern, daß der kleine, offene Wagen des Klosters noch immer gut genug für mich wäre. Leise murmelte ich vor mich hin, daß ich der doppelbödigen Barmherzigkeit der Marquise nicht bedurfte - doch in Wahrheit stellte ich mir bereits lebhaft vor, wie es sein würde, wenn die elegante Kutsche der Marquise vor dem Kloster anhielte. - Sämtliche Nonnen würden es als gütiges Schicksal preisen, daß ich von einer so wohlhabenden Dame engagiert worden war.

Ich war von der Marquise so fasziniert, daß ich beschloß, jeden Zweifel an ihren Motiven beiseite zu schieben, und ich gestattete mir einen Vorgeschmack auf die Stunden, die ich mit ihr allein sein würde. Dazu probte ich im Geist die verschiedenen interessanten Gespräche, mit denen ich sie zu fesseln gedachte.

Solche Tagträumereien ließen mir die nächsten Tage schneller vergehen. Als der Abend vor unserer Fahrt endlich da war und ich eben zu Bett gehen wollte, entdeckte ich ein Zettelchen, das unter meiner Tür hindurchgeschoben worden war. Ich las die kurze Nachricht: "Wir brechen um neun Uhr auf. Pünktlich!" -

In jener Nacht tobte ein furchtbares Gewitter und ich schlief unruhig, denn jedes Krachen des Donners weckte mich auf. Lange vor Sonnenaufgang schon lag ich wach mit weit aufgerissenen Augen da und war unerklärlich ängstlich. Endlich kam die Zeit, aufzustehen und zum Frühstück hinunterzugehen.

Als wir fertig waren, saßen Raoul und ich noch in unserem kleinen Eßzimmer. Seine Mutter trat ein. - "Bon jour", sagte sie leise, und wir erwiderten ihren Gruß.

"Wir müssen früher aufbrechen. Es regnet, und die Fahrt wird ohne Zweifel weit länger dauern als üblich." Die Marquise machte mir diese Mitteilung mit ungewöhnlich matter, gedämpfter Stimme.

Sie war heute nicht ihr gewohntes lebhaftes Selbst, fand ich und beobachtete sie, wie sie am Fenster stand und lange hinaussah. Trotz des leuchtenden Kleides, das sie trug, erschien sie mir merkwürdig verdüstert. Ihr Kostüm war scharlachrot mit schwarzem Besatz, und der dazu passende Hut saß ihr in tollkühnem Winkel auf dem Haupt. Ein kurzer, schwarzer

Schleier verdeckte ihre schönen Augen. - Wie so oft drehte sie sich auch jetzt plötzlich um und ertappte mich dabei, wie ich sie anstarrte.

Ich blickte einfältig und verlegen drein, worauf sie mir jenes an ihr so seltene schalkhafte Lächeln schenkte. "Kommen Sie", sagte sie, und ich folgte ihr aus dem Zimmer.

Als wir die Halle betraten, traf es mich wie ein Schock: Lady Barbara Creighton wartete an der Tür und tappte mit ihrem kleinen Fuß ungeduldig auf den Boden. Sie trug einen reizenden Hut - und eine Unmutsfalte auf der Stirn. In ihrem eisblauen Reisekostüm mit passendem Schirm und Täschchen sah sie sehr hübsch aus. Mein Herz sank, als mir bewußt wurde, daß ich nicht mit der Marquise allein fahren würde. Wir wurden einander vorgestellt, doch Lady Barbara grimassierte nur in meine Richtung. Ich zwang mich zu einer heiteren Gelassenheit, die ich keineswegs empfand. Dann gingen wir im Gänsemarsch hinaus, wo uns die Kutsche erwartete. Der Regen hörte für kurze Zeit auf, und Raoul winkte uns vom Portal aus, als wir unsere lange Fahrt antraten.

In der Kutsche nahm die Marquise eine der samtgepolsterten Sitzbänke ein; Lady Barbara und ich teilten uns die andere ihr gegenüber. Als ich mein schlichtes, braunes Kleid mit den eleganten Gewändern meiner Begleiterinnen verglich, sanken meine Mundwinkel herab. Ich fühlte mich in der prächtigen Kutsche der Marquise sehr deplaziert; so mochte sich eine braune Taube fühlen, die man mit exotischen Pfauen in einen gemeinsamen Käfig steckte.

Ich blinzelte in die regenverhangene Landschaft hinaus und kaute heimlich an meinen Fingernägeln. Lady Barbara gab vor, ganz in ihre mitgebrachte Stickerei vertieft zu sein, doch ich wußte, daß sie nur so tat, denn ich ertappte sie mehr als einmal dabei, wie sie höhnische Seitenblicke in meine Richtung warf. Die Marquise de Rochelle jedoch schien von alledem nichts zu bemerken. Sie hatte sich auf ihrem Sitz ausgestreckt und hielt die Augen fast geschlossen.

Als wir endlich vor dem Kloster hielten, war ich so begierig, dem Gefängnis der Kutsche und der Gesellschaft meiner stummen Herrin und ihrer feindseligen Freundin zu entkommen, daß ich nicht erst wartete, bis der Lakai den Kutschentritt herunterklappte, sondern mit meinem beklagenswerten Mangel an Dekorum hinuntersprang. Ich dankte der Marquise, und sie erinnerte mich daran, daß sie mich um drei Uhr des Nachmittags wieder abholen würde. Einige Nonnen warteten am Tor auf mich, und ich lief hin, um sie zu begrüßen, während die Kutsche wieder anfuhr.

Im Kloster wurde ich in alle Neuigkeiten eingeweiht und mit den neuen Schülerinnen bekannt gemacht. Am Mittag nahm ich mit meinen alten Gefährtinnen das Festtagsmahl ein und war erstaunt, wie fade es schmeckte, bis mir einfiel, daß die Nonnen ja keinerlei Gewürze verwendeten. Mein Gaumen jedoch hatte sich an die köstlichen Gerichte gewöhnt, welche der Koch der Marquise täglich zubereitete.

Danach nahm ich an einer Messe teil, die bis fast drei Uhr dauerte. Als wir aus der Kapelle traten, humpelte Soeur Agathe, eine der älteren Nonnen, auf mich zu und teilte mir mit, daß die Marquise de Rochelle und ihre Freundin im Besucherzimmer auf mich warteten. Hastig sagte ich allen Lebewohl und eilte ins Besucherzimmer, das an die Eingangshalle des Klosters grenzte.

Ich stürzte hinein und brachte die Damen zum Zusammenschrecken. Es beeindruckte mich tief, wie strahlend die Marquise und Lady Barbara in diesem karg eingerichteten Raum wirkten. - Die Nonnen lehnten weltlichen Glanz im selben Maße ab, wie die Marquise in ihm schwelgte. Wirklich hatte sie mir einmal gestanden, sie fühle sich nur einer einzigen Sünde schuldig, nämlich der - wie sie es zu nennen beliebte - "Extravaganz".

Sie schien jetzt in besserer Stimmung zu sein als am Morgen, denn sie begrüßte mich liebenswürdig und lebhaft, und sogar Lady Barbara entbot mir, wenn auch widerwillig, ein "Bon soir". Ich verließ das Kloster von Notre Dame des Cerises, ohne mich noch einmal umzudrehen und, wie sich herausstellen sollte, zum letzten Mal.

Auf der Rückfahrt fand Lady Barbara wiederum Trost in ihrer Handarbeit, während die Marquise und ich uns in Plaudereien ergingen. Ich erzählte ihr, wie ich den Tag verbracht hatte und setzte ihr detailliert meine Wahrnehmung auseinander, daß Gewürze sogar bei den schlichtesten Eierspeisen einen großen Geschmacksunterschied machten. Ich plapperte über die Nonnen, deren Namen ihr doch, wie ich wußte, gar nichts bedeuten konnten, doch sie unterbrach mich nicht und hörte mir geduldig zu, bis ich endete.

Wir schwiegen eine Weile. Ich bemerkte Lady Barbaras stocksteife Haltung und ihre mißmutig gekräuselten Lippen und versuchte, sie in die Konversation hineinzuziehen, aber sie hob nur eine Augenbraue und wandte sich wieder ihrer Stickerei zu.

Die Marquise ignorierte das unhöfliche Benehmen ihrer Freundin. Sie wies mich auf verschiedene Sehenswürdigkeiten hin, an denen wir vorüberfuhren und erklärte mir ihre geologische, botanische oder historische Bedeutung. So sah ich zum ersten Mal den Schrein des Hl. Leon, den vor mehreren Jahrhunderten bäuerliche Zimmerleute genau an der Stelle erbaut hatten, an der der Heilige von Ketzern ermordet worden war. Gewisse bizarre Felsformationen an einem Hügel wurden noch faszinierender, als mich die Marquise auf einige Details hinwies. Ihre verführerische Stimme ließ noch die trockenste Information aufregend klingen.

Als ich eine Bemerkung über ihre erstaunliche Kenntnis der Region machte, fragte ich sie, ob sie hier in der Gegend geboren sei, da sie das Brauchtum der Eingeborenen so gut kannte. Daraufhin verriet sie mir etwas über sich selbst. "Nein", sagte sie. Es klang, als hätte meine Frage sie in leise Verwirrung versetzt, und sogar Lady Barbara spitzte die Ohren, um die Antwort ihrer Freundin zu hören.

"Ich stamme aus Ungarn", fuhr die Marquise fort. - Mein Kiefer fiel mir fast bis zu den Schuhen herunter. Sie hatte mich mit ihrem wunderbaren Französisch immer sehr beeindruckt und konnte darum, wie ich glaubte, nur eine geborene Französin sein. Die Marquise lachte leise über mein sprachloses Erstaunen. "Natürlich habe ich ein Gutteil meines Lebens in Frankreich verbracht. Raouls Vater war ein entfernter Vetter von mir, und meine Eltern verlobten uns, als wir beide noch Kinder waren. Ich kam immer gern zu Besuch hierher und heiratete Emile ebensosehr wegen des Schlosses, das ich liebte, wie wegen des Enkelkindes, um das meine sterbende Mutter mich gebeten hatte. Mein Vater starb vor meiner Heirat, und meine Mutter zwei Monate nachdem Raoul geboren worden war."

Ich sah, wie in ihr die Geister der Vergangenheit wieder erwachten. Sie unterbrach sich abrupt und zog sich in ihre Kutschenecke zurück. Lady Barbara nahm ihre Handarbeit wieder auf, und ich schlief halb ein, die Wange an das kühle Glas des Kutschenfensters gepreßt. Während der übrigen Fahrt schwiegen wir.

Beim Abendessen war Raoul ganz begierig, alles über meinen Besuch im Kloster zu hören. Ich wiederholte die kleinen Geschichten, die ich schon seiner Mutter erzählt hatte, doch diese zweite Berichterstattung schien den letzten Rest meiner inneren Kräfte aufzuzehren. Ich war unfreundlich zu dem

Kleinen, aß lustlos und sehnte mich nur danach, allein zu sein. Die eifrigen Fragen des Kindes machten mich ungeduldig und ärgerlich. Ich fühlte, Raoul wünschte von mir eine Versicherung, daß ich ihn nicht so bald verlassen und ins Kloster zurückkehren würde, doch ich besaß nicht genügend innere Kraft, um ihm jene Veränderungen vernünftig auseinanderzusetzen, die im Leben nun einmal unvermeidlich waren. Ich sprach nicht über das kommende Frühjahr, in dem wir beide fortgehen würden. Ich konnte ihm nicht einmal sagen, daß derlei Trennungen notwendige Bestandteile des Lebens waren, daß er am Anfang vielleicht Heimweh haben würde und sich schließlich in seinem englischen Internat doch wohlfühlen könnte. Und genausowenig war ich imstande ihm geduldig zu erklären, daß mein eigenes künftiges Schicksal noch immer qualvoll unbestimmt war. Ich konnte von alldem nicht sprechen. - Hätte ich es getan, so wäre es mit meiner Selbstbeherrschung vorbei gewesen und die Tränen wären mir aus den Augen geschossen. Ich zwang mich, am Tisch sitzen zu bleiben. Als wir unser Dessert beendet hatten, stand ich auf und fuhr sanft über Raouls dunkle Locken. Er lächelte zu mir auf; in seinem Gesicht standen stumme Fragen, Ängste und Hoffnungen. Ich schluckte meine Tränen hinunter und versuchte, meinen überwältigenden Kummer im Zaum zu halten, als ich mich niederbeugte und ihn auf die Stirn küßte. Dann schickte ich ihn kurzerhand zu Bett und schloß mich in meinem Zimmer ein. Ich sprang ins Bett und ließ meinem Tränenstrom endlich freien Lauf. Aus übervollem Herzen schluchzte ich in mein Kissen, bis die Federn ganz naß und zusammengeklumpt waren. Als sich meine Tränen erschöpft hatten, lag ich fast eine Stunde lang fröstelnd da. Ich hüllte mich in eine weitere Decke und versuchte einzuschlafen, doch es gelang mir nicht. Stundenlang lag ich in jener Vorhölle zwischen Schlafen und Wachen. Unwillkürlich drängten sich mir Bilder auf und tanzten hinter meinen geschlossenen Lidern. Danielle, Aline, Morgan, Mademoiselle Dupont und Lady Barbara zogen an meinem inneren Auge vorbei, und alle wurden überstrahlt vom hochmütigen, schönen Gesicht der Marquise. So fest ich meine Augen auch zusammenkniff, konnte ich mich doch vom Bild ihres spöttisch lächelnden Mundes nicht befreien.

Krampfhaft zwang ich mich, meine Konzentration auf andere Gesichter zu lenken, auf Morgan, die ihrer Nichte in vielem so ähnlich war. Ich fand es seltsam, daß mir Morgan bei all meinen Besuchen in ihrem Haus niemals gesagt hatte, daß sie beide keine Französinnen waren. Ihr Akzent hatte mich natürlich schon lange neugierig gemacht, und ich hätte erwartet, daß sie mir in Anbetracht unserer neuen Freundschaft eine derart wichtige Einzelheit nicht vorenthalten würde. Morgan jedoch teilte zwar vieles mit mir, erzählte mir aber niemals etwas von ihren persönlichen oder familiären Geheimnissen. Jedesmal, wenn ich sie besuchte, nahm sie mich mit in den Garten und wählte verschiedene Kräuter aus, über die sie mit mir sprach. Sie zeigte mir nach und nach alle Pflanzen, die bei Umschlägen, Salben, Arzneien - und Giften Verwendung fanden. Viele davon trocknete sie, und ich half ihr oft, die Blätter zu zerkleinern und sie in die grünen Töpfchen zu füllen, deren jedes mit dem lateinischen Namen des Krauts gekennzeichnet war. Ich nahm dieses neue Wissen begierig auf und freute mich auf jede Unterrichtsstunde. Als ich an Morgan dachte, begann ich über ihre Beziehung zu ihrer Nichte nachzugrübeln. Die Marquise selbst hatte ihre Tante mir gegenüber noch immer nicht erwähnt, und wenn sich mir einmal die Gelegenheit geboten hatte, meine Dienstherrin nach ihr zu fragen, war ich immer zu schüchtern gewesen, dieses heikle Thema zu berühren. Ich wußte noch immer nicht, worüber sie in jener Nacht gestritten hatten, als ich sie beide vor der Bibliothek gesehen hatte.

Obwohl ich inzwischen Antworten auf so manche meiner Fragen erhalten hatte, gab es doch noch viele andere, deren Beantwortung ich ersehnte. Es wollte mir nicht gelingen, die geheimnisvollen Szenen zu vergessen, deren schockierte Zeugin ich gewesen war. Noch immer verfolgte mich das Bild der Marquise, wie sie ihre Freundin umarmte, und die Erinnerung an den Nachmittag, an dem ich Danielle und ihre Freundin im Weiher hatte spielen sehen, erfüllte mich mit großem Unbehagen.

Wie stets kehrten auch diesmal meine Gedanken zur Marquise zurück und ich fühlte, ich würde das Schloß nicht verlassen können, ohne ihre hochmütige Zurückhaltung durchbrochen und ihre Freundschaft gewonnen zu haben. Ich versuchte mir vorzustellen, wie es sein würde, wenn sie endlich meine Freundin wäre: sie würde mich besuchen, wenn ich erst fort war und mich überreden, ihren Besuch zu erwidern und aufs Schloß zu kommen. - Wohin ich allerdings gehen würde, wenn meine Aufgabe hier erst beendet war, wußte ich noch immer nicht und ließ diesen Teil meiner Phantasien auch bereitwillig im Dunkeln.

Gerade wollte ich mir eine Tasse von Morgans Schlaftrunk bereiten, da klopfte jemand leise an die Tür. Ich warf mir hastig meinen Umhang über, entzündete eine Kerze und öffnete die Tür.

Es war Raoul. Er blickte mit tränenüberströmtem Gesicht zu mir auf und sah viel jünger aus als er war. Schnell schob ich ihn in mein Zimmer und schloß die Tür. Ich nahm das Kind in die Arme und setzte mich mit ihm auf den Stuhl, der neben meinem Bett stand. Raoul murmelte etwas, das ich nicht verstand. "Was sagtest Du, Liebchen?"

Seine Lippen zitterten, als er mit schwankender Stimmer hervorbrachte, "Ich hatte einen bösen Traum Mademoiselle. Ich träumte, Sie wären verschwunden, und ich konnte Sie nicht finden. Ich habe überall nach Ihnen gesucht, aber nicht einmal Morgan konnte Sie finden." - Hier war es mit Raouls Fassung vorbei und er brach in Tränen aus. Ich drückte das Kind fest an mich, wiegte es in meinen Armen, murmelte beruhigende Worte und streichelte seine weichen Locken. Er schlief ein. Vorsichtig trug ich ihn zur Tür, um ihn wieder in sein Bett zu bringen. Ein schlafendes Kind ist immer viel schwerer als ein waches, und ich hatte große Mühe, ihn in sein Zimmer hinaufzutragen; mehrere Male wachte er durch meine Ungeschicklichkeit fast auf. Als ich ihn in seine Decken gehüllt hatte, erwachte er einen Moment, legte mir die Ärmchen um den Hals und küßte mich zärtlich. Ich blieb noch, bis er wieder tief und fest schlief.

Leise schlich ich die Treppe hinunter - und blieb an der Biegung zu meinem Flur wie angewurzelt stehen: Aus einem Zimmer, das zwischen dem der Marquise und dem meinen gelegen war, trat ein Mann! Er war sehr groß und dünn und trug schwarzes, kurzgeschnittenes Haar. Als er sich umwandte, kauerte ich mich in den Schatten des Treppenhauses. Die hagere Gestalt ging die Stufen hinunter zur Eingangshalle und verließ das Schloß. -Ich wagte wieder zu atmen. Wieder in meinem Zimmer angekommen konnte ich erst recht nicht einschlafen, denn als sich die Gestalt umdrehte, hatte ich einen Schock der Überraschung erlitten: nicht das Gesicht eines fremden Mannes stand mir da vor Augen, sondern die hageren Züge Morgans! Ich hatte sie noch nie ohne Turban gesehen, und jetzt wußte ich, warum sie ihn trug. Ihr Haar war kürzer geschnitten als Raouls, und in ihren schwarzen Locken fanden sich einige silberne Strähnen.

Ich versuchte mir vorzustellen, was sie wohl veranlaßt haben konnte, mitten in der Nacht im Schloß umherzuschleichen. Darüber muß ich eingeschlafen sein, und ich erwachte erst, als es schon heller Mittag war. Offenbar hatte man vergeblich versucht, mich zu wecken und mich dann meinem Schlaf überlassen. Raoul war an diesem Morgen dem Unterricht entgangen. Hastig kleidete ich mich an und rannte hinunter. Ich mußte es wissen, ich mußte meine Herrin fragen, was es mit ihrer Tante auf sich hatte und warum sie mir nie von ihr sprach. Diesmal wollte ich keine Ruhe geben, bis sie mir auf meine Fragen antwortete, die mich so sehr beunruhigten. Ohne anzuklopfen stürmte ich in die Bibliothek - der Raum war leer, und mich beschlich ein Gefühl des Grauens. Ich wußte im selben Augenblick, daß die Marquise fort war und ich sie auch sonst nirgends finden würde. Aus jedem Zimmer des Schlosses würde mir das hohle Echo ihrer Abwesenheit entgegenhallen. Im Foyer traf ich Mademoiselle Dupont, die mir meine Ahnung bestätigte: die Marquise und ihre Freundin waren nach Paris abgereist.

Als ich Mademoiselle Dupont fragte, wann wir unsere Herrin zurückerwarten konnten, antwortete sie, sie werde vor Weihnachten gewiß nicht wiederkommen. - Und jetzt war erst die dritte Septemberwoche angebrochen. -

8. KAPITEL

Einige Tage nachdem die Marquise nach Paris gereist war, gelang es mir, Danielle wieder einmal in eine kleine Tratscherei zu verwickeln. Sie polierte gerade das Treppengeländer in der zweiten Etage, und ich war nach dem morgendlichen Unterricht mit Raoul auf dem Weg in mein Zimmer. Nach einigen belanglosen Bemerkungen fragte ich sie, "Hat eigentlich außer der Marquise und mir noch jemand sein Schlafzimmer auf der ersten Etage?" Danielle blickte mich verständnislos an und ich wiederholte meine Frage. "Oh ja", antwortete sie schließlich, "Mademoiselle Dupont."

Ich hatte das Gefühl, in jemandes Privatleben einzudringen, und doch fragte ich weiter, "Welches Schlafzimmer ist es?" Danielle deutete auf die Tür, durch die ich Morgan in jener Nacht hatte herauskommen sehen. Ich nickte wissend, obwohl mich diese Bestätigung nur noch konfuser machte.

Danielle wollte wissen, warum mich das interessierte und ich murmelte so etwas wie, "Ach, ohne besonderen Grund." In dem Moment erschien Mademoiselle Dupont am Fuße der Treppe, und Danielle polierte das Holz plötzlich mit übertriebenem Eifer. Ich verstand den Wink und zog mich in mein Zimmer zurück. Dort versuchte ich die verstreuten Mitteilungen zu ordnen, welche ich über die Bewohnerinnen des Schlosses gesammelt hatte. Da erinnerte ich mich an eine Einzelheit, an die ich lange nicht mehr gedacht hatte und rannte wieder hinaus zu Danielle, die immer noch mit dem Geländer beschäftigt war. "Danielle", zischte ich und sah mich nach Mademoiselle Dupont um. Sie war nirgends zu sehen; trotzdem flüsterte ich meine Frage in Danielles Ohr, "Wie heißt Mademoiselle Dupont mit Vornamen?"

Danielle bedachte mich mit einem Blick, der mir mehr sagte als alle Worte und antwortete mit einem Bühnengeflüster, "Denise, warum fragen Sie?"

Wieder murmelte ich etwas wie "Reine Neugierde" und ging in mein Zimmer zurück. Ich erinnerte mich, wie Morgan bei meinem zweiten Besuch die Menschen aufgezählt hatte, die ihr so nahestanden, daß sie sich fast wortlos mit ihnen verständigen konnte: einer davon war Raoul, ein anderer die Marquise - und der dritte Name war 'Denise' gewesen. Es kam mir vor, als hätte ich einen vergrabenen Schatz gefunden, und ich war sicher, daß sich nun auch viele andere Fragen würden beantworten lassen, die mich beschäftigten. Ich dachte daran, wie behende Mademoiselle Dupont - Denise - an jenem Morgen durch den Wald auf Morgans Haus zugestrebt war, als Raoul mich zum erstenmal hinführte. Mademoiselle Dupont und Morgan mußten wirklich sehr enge Freundinnen sein, dachte ich, wenn Morgan sich sogar mitten in der Nacht durch den Wald wagte, um sie mit Mademoiselle Dupont zu verbringen. Zweifellos waren ihre Gefühle sehr stark, daß sie sie aus ihrer Einsiedelei herauszulocken imstande waren.

Ich wünschte, die Marquise wäre nicht nach Paris gefahren! Endlich fühlte ich mich mutig genug, sie nach Einzelheiten über die Art und die Dauer der Freundschaft dieser beiden älteren Frauen zu befragen.

Die Marquise jedoch verbrachte den Spätherbst in Paris. Die Zeit verging schnell, und Raoul kam in seinen Studien gut voran. Jeden Morgen arbeitete ich mit ihm im Schulzimmer und hielt die Nachmittage frei. Da die Marquise nicht vor Weihnachten zurückerwartet wurde, machte ich in ihrer Abwesenheit großzügigen Gebrauch von ihrer Bibliothek. Ich liebte den Duft von Leder, Büchern und Holz, welcher den Raum erfüllte. Oft saß ich träge in ihrem großen Sessel, träumte stundenlang vor mich hin oder las. Es erstaunte mich, daß ich weder die nüchterne Stille des Klosters noch die Gesellschaft der Nonnen je vermißte. Stattdessen ertappte ich mich dabei, wie ich die beunruhigende Gegenwart der Marquise herbeisehnte. Oft und oft rief ich mir unser gemeinsames Diner ins Gedächtnis, das wir vor so langer Zeit geteilt hatten und stellte mir die Schachpartie vor, die wir eines Tages spielen würden.

Eines Nachmittags, als ich lesend in der Bibliothek saß, sprang die Tür auf; Raoul stürzte herein und schwang ein Stück Papier. Ich war verwirrt, denn bisher hatte mich noch niemals jemand an meinem heimlichen Zufluchtsort gestört.

"Oh, Mademoiselle Torn", zirpte Raoul und warf sich in meine Arme. Das Buch, in dem ich gelesen hatte, fiel mit wild flatternden Seiten zu Boden.

Als ich vor Überraschung stotterte, drückte mir Raoul seinen Brief in die Hand. "Lesen Sie!" kommandierte er mit gellender Stimme, - und ich dachte bei mir, daß er, in verkleinertem Maßstab, geradeso herrisch sein konnte wie seine Mutter!

"Mama kommt!" gluckste er selig, während ich den Brief las. Ich überflog die Zeilen in der wohlbekannten Handschrift. "Mon cher", hatte sie geschrieben, "ich vermisse mon petit beau und freue mich sehr auf das Fest, das ich nach meiner Rückkehr geben werde. Da will ich mit Dir tanzen, und Du wirst mein höchster Ehrengast sein. Bitte frage Mademoiselle Thorn, ob sie auch kommen und mit Dir tanzen wird! Von Mademoiselle Dupont habe ich über Deine Gesundheit und Deine Fortschritte beim Lernen nur Gutes gehört. Du weißt: keine Mutter hatte je einen wunderbareren Sohn als ich! Wir sehen uns am Neunzehnten. Alles Liebe! Mama."

Ich fand, sie schrieb etwas bombastisch, doch zu Raoul sagte ich, "Wie schön für Dich, mein Kleiner! Was für eine erfreuliche Nachricht!" Insgeheim rechnete ich nach, daß bis zur Ankunft seiner Mutter nicht einmal mehr vierzehn Tage vergehen würde. -

Raouls Augen glänzten vor Freude, als ich ihn in die Arme nahm und ihn kurz an mich drückte. - Wenn seine Mutter wüßte, wie sehr er sie liebte und wie ihn jede Aufmerksamkeit von ihr entzückte, würde sie gewiß mehr Zeit daheim bei ihrem einsamen kleinen Jungen verbringen, anstatt sich mit einer oberflächlichen Person wie Lady Barbara Creighton in Paris herumzutreiben! Doch gleich schämte ich mich dafür, die mütterlichen Gefühle der Marquise einer so harten Kritik unterzogen zu haben. Ich schob Raoul von meinem Schoß, stellte ihn auf die Füße und jagte ihn lachend zur Tür hinaus und den Korridor hinunter, um meine häßlichen Gedanken zu verscheuchen. Als wir laut juchzend um die Biegung in die Eingangshalle rannten, muß ich über einen Teppich gestolpert sein, denn ich stürzte zu Boden, schlidderte, alle Viere von mir gestreckt, durch die ganze Länge des Foyers (- später nannte ich das immer den 'Flug der armen Frau auf dem Zauberteppich' -) und landete krachend an einer großen schwarzen Truhe, die neben dem Portal stand. Benommen sprang ich auf die Füße - und fand mich wieder, wie ich verständnislos in die dunklen Augen der Marquise de Rochelle starrte. Sie war früher zurückgekehrt!

"Sind Sie verletzt?" fragte sie. Sie umschlang meine Taille mit einem Arm und hob mit der Linken mein Kinn. Ich fühlte, wie mein Gesicht glutrot wurde vor Scham, als ich über ihre Schulter hinweg in die zusammengekniffenen Augen Lady Barbaras blickte. Ich fühlte mich so gedemütigt, daß ich nicht antworten konnte.

Raoul zupfte mich am Ärmel und blickte ängstlich zu mir auf. "Sind Sie verletzt?" Seine kindliche Stimme wiederholte die Frage seiner Mutter wie ein Echo. Ich schüttelte wortlos den Kopf und versuchte, mich von Mutter und Sohn zu befreien.

Der Arm der Marquise legte sich jedoch nur noch fester um meine Taille. Sie führte mich zu einem Stuhl und hieß mich niedersitzen, bis ich wieder ganz bei mir wäre. Lady Barbara drehte sich auf dem Absatz um und rauschte mit wehenden gelbseidenen Volants die Treppe hinauf. Ihre Gereiztheit war unübersehbar, doch die Marquise gab vor, den dramatischen Abgang ihrer Freundin gar nicht zu bemerken. Sie kniete vor mir nieder und ergriff meine Hände. Raoul stand beunruhigt und mit großen Augen hinter ihr.

Mit ihrer tiefen Stimme fragte sie mich noch einmal, "Sind Sie sicher, daß Ihnen nichts fehlt?" Ihre dunklen Augen blickten forschend und besorgt in die meinen. Ich konnte nur stumm nicken. Was für ein Wiedersehen! dachte ich bei mir.

Auch diesmal las sie meine Gedanken und lachte leise. "Welch eine reizende Begegnung!" sagte sie. "Es kommt mir vor, als wäre ich eine Ewigkeit fortgewesen. Wie schön es ist, Sie und Raoul zu sehen." Ihre Augen sahen mich unverwandt an, als sie die Hand ausstreckte und Raoul an sich zog.

"Mir fehlt nichts", sagte ich schließlich. Ich zerzauste Raouls dunkle Locken. Mutter und Sohn lächelten mich strahlend an und ich kicherte nervös. Glücklicherweise war bei diesem Sturz nichts weiter verletzt worden als mein Stolz.

Ich stand auf und wollte fliehen, doch da erhob sich auch die Marquise und versperrte mir den Weg. "Essen Sie mit uns zu abend, Sie und Raoul!" Sie fuhr mir mit der Hand durchs Haar und zerzauste es, wie ich es vorhin mit Raouls Schopf getan hatte. Dann ging sie zur Treppe. Auf halbem Wege drehte sie sich noch einmal um: "Ich bin sehr gespannt auf alle Neuigkeiten. Sie müssen mir heute abend erzählen, was sich inzwischen ereignet hat!" rief sie. Ich sah ihr nach, wie sie die Treppe hinaufschritt und betrachtete sehnsüchtig ihren geraden Rücken.

Dann brachte ich Raoul in sein Zimmer, küßte ihn auf die Stirn und sagte ihm au revoir. Auf dem Weg zu meinem eigenen Zimmer dachte ich nach. Die Vorstellung, einen ganzen Abend in Lady Barbaras Gegenwart zu verbringen, erfüllte mich mit Grauen, und doch fürchtete ich mich davor, die Einladung der Marquise abzulehnen. Aus irgend einem mir unerfindlichen Grund versuchte Lady Barbara nicht einmal, mir wenigstens mit Höflichkeit zu begegnen, aber warum? Sie konnte doch unmöglich die Vorstellung hegen, daß jene seltenen Anflüge von Aufmerksamkeit, welche meine Dienstherrin mir schenkte, ihre Beziehung zur Marquise in irgendeiner Weise bedrohten. Ich wußte wohl, daß mein linkisches und ungestümes Betragen die Marquise amüsierte, doch andere Gefühle empfand sie - dessen war ich sicher - für mich nicht.Ich machte eine Bestandsaufnahme von Lady Barbaras Vorzügen und versicherte mir selbst, daß die Marquise mit einer so unscheinbaren, armen und unkultivierten Person wie ich es mit ihr verglichen war, gewiß keine Liaison anknüpfen würde. Als ich mein Zimmer betrat und in den Spiegel sah, erschrak ich über den finsteren Ausdruck meines Gesichts. Ich schnitt mir eine Grimasse und versuchte meine unordentlichen roten Locken zu bändigen, die sich unter der brüsken Liebkosung der Marquise verwirrt hatten.

Als ich an jenem Abend die Treppe hinabstieg, drängte sich mir die Szene wieder auf, welche ich so verzweifelt zu vergessen gesucht hatte - jene Szene, deren Zeugin ich im letzten Sommer geworden war, und wieder erschien vor meinem inneren Auge das Bild der Marquise, die ihre Freundin küßte. Ich redete mir zu, solche Handlungen bewiesen noch nicht, daß meine Dienstherrin in das verstrickt war, was man im Kloster eine 'sehr spezielle Freundschaft' genannt hatte. Die Marquise konnte - gelegentlich - sehr liebevoll sein, und ohne Zweifel (- sagte ich mir mit aller Strenge -) mußte man ihre Handlungsweise bei jener Gelegenheit aus ihrem leidenschaftlichen, wenn auch seltsamen Naturell heraus erklären.

Als ich das Speisezimmer betrat, saßen alle schon auf ihren Plätzen. "Sie sind pünktlich", murmelte die Marquise und bat mich , mich an ihre linke Seite zu setzen. Lady Barbara saß rechts von ihr, und daneben thronte Raoul. Die Freundin der Marquise zog es vor, meine Anwesenheit zu ignorieren, während ich meinen Platz einnahm.

Während der nächsten Stunde versuchte Lady Barbara der Marquise hundert kleine Begebenheiten aus ihrer gemeinsamen Vergangenheit ins Gedächtnis zu rufen und legte große Heiterkeit an den Tag. Die Marquise jedoch schien düster, antwortete ihr einsilbig und starrte auf ihren Teller. Auch Raoul schwieg fast während des ganzen Diners. Nur einmal fragte er seine Mutter, ob er in ihrem Bett schlafen dürfe. Sie willigte ein. Lady Barbara schien über Raouls Einmischung verärgert und zischte der Marquise so laut ins Ohr, daß wir es hörten, "Nun,-

fürchtest Du nicht, ihn mit Deiner Erkältung anzustecken?"

Ich hatte nichts davon bemerkt, daß die Marquise krank war und sah sie überrascht an. Sie schüttelte auf Lady Barbaras Frage den Kopf und versicherte ihr, "Nein, ich glaube, diesen negativen Aspekt der Mutter Natur habe ich jetzt vollkommen überwunden." Zu mir gewandt erklärte sie, "Ich hatte vor kurzem einen recht schlimmen Husten, doch nun bin ich wieder ganz gesund."

Ich ergriff die Gelegenheit, der Marquise von Raouls Fortschritten zu berichten, und während ich sprach, fühlte ich Lady Barbaras kalten Blick auf mir ruhen.

Die Augen der Marquise blitzten. Sie legte ihre Hand auf die meine und sagte, "Ich habe volles Vertrauen in ihre Fähigkeiten, Mademoiselle Torn. Sie kümmern sich liebevoll um meinen Sohn und reichen ihm seine geistige Nahrung mit leichter Hand."

"Ja", unterbrach Lady Barbara sie, "Diane hält große Stücke auf Sie." Die Marquise lächelte der Freundin zu, dankbar für diese freundliche Bemerkung, doch gleich darauf erlosch ihr Lächeln wieder, denn Lady Barbara fuhr fort, "Als ich noch ein Kind war, hätten wir natürlich nicht im Traum daran gedacht, mit Dienstboten am selben Tisch zu essen - aber unsere Gouvernante war schließlich auch eine verschrumpelte alte Hexe und nicht ein so hübsches Fräulein wie Sie es sind!"

- Der Rest des Diners verlief in tiefem Schweigen. Kaum waren wir fertig, da erhob sich die Marquise, verkündete mit kalter Stimme, sie habe sich noch um einige Geschäfte zu kümmern und forderte Lady Barbara auf, ihr in die Bibliothek zu folgen.

Ich ging mit Raoul hinauf und kochte innerlich über die Bemerkung, welche Lady Barbara über die 'Dienstboten' gemacht hatte und die mir ihre tiefe Abneigung gegen mich einmal mehr bestätigte. Ich verabschiedete mich von Raoul und ging in mein Zimmer, um noch ein wenig zu lesen, bevor ich einschlief. Zu meinem Kummer wurde mir klar, daß ich nun keinen freien Zugang zur Bibliothek mehr hatte, denn wenn die Marquise im Schloß weilte, verbrachte sie dort ein Gutteil ihrer Zeit. Doch sie würde, sagte ich mir tröstend, gewiß nichts dagegen einwenden, wenn ich hie und da hinunterginge, um Bücher zurückzubringen und mir andere zu holen.

9. KAPITEL

Am nächsten Tag nach dem Unterricht traf ich Danielle in der Halle und lockte sie in mein Zimmer, um ein wenig Klatsch von ihr zu erfahren. - Ich wußte wohl, daß es nicht recht von mir war, das Mädchen über die Marquise auszuhorchen, doch die Neugierde überwältigte mich. Ich bestand darauf, daß sich Danielle auf mein Bett setzte, zog meinen Stuhl heran und setzte mich ihr dicht gegenüber. "Und nun erzählen Sie mir alles über das Fest, das die Marquise plant!"

Danielles Gesicht strahlte auf bei dem Gedanken, ihr Wissen vor mir ausbreiten zu können, und ich saß mit verzückter Miene auf der Kante meines Stuhls, während ich ihr zuhörte. "Madame la Marquise verbringt ihren Geburtstag sonst immer in Paris, weil die meisten ihrer Freunde dort leben."

"Oh, das glaube ich. Den hiesigen Landadel liebt sie nicht sehr", warf ich in sachlichem Ton ein. In Wahrheit sollte meine Bemerkung jedoch Danielle nur in ihrem Redefluß bestärken, denn ich brannte darauf zu erfahren, welche Gäste die Marquise erwartete und woher sie kamen.

"Madames Geburtstag ist am neunzehnten November - am nächsten Samstag - und all ihre Freunde aus Paris, aus dem übrigen Frankreich und aus ganz Europa werden zu einem Maskenball kommen. Oh Mademoiselle", - Danielle ergriff meine Hand - "ich hörte, daß Sie ebenfalls eingeladen sind; ich werde Ihnen helfen, ein Kostüm zu nähen. Sie werden so hübsch sein! Alle werden glauben, Sie wären eine Prinzessin oder eine Lady - oder eine Marquise!"

Offenbar malte sich ein heftiger Schrecken auf meinem Gesicht ab, denn man hatte mir nichts davon gesagt, daß das Fest ein Maskenball sein würde, doch Danielle sprach in besänftigendem Ton, "Hören Sie, Mademoiselle, überlassen Sie alles mir. Machen Sie sich keine Sorgen: Sie werden aussehen wie eine Königin! Ich verspreche es."

Dann erzählte sie mir, daß man schon dabei war, die Gästezimmer herzurichten. Sie sollten jene Gäste aufnehmen, die einige Tage im Schloß bleiben würden. Danielle führte mir ihre Imitationen verschiedener fürstlicher Häupter und anderer

Berühmtheiten vor, die sie schon bei früheren Gelegenheiten im Schloß gesehen hatte, doch dann mußte sie gehen. Sie fürchtete, man könnte ihre Abwesenheit bemerken, da sie sich doch eigentlich ebenfalls um die Instandsetzung der Zimmer zu kümmern hatte, doch ehe sie mich verließ, planten wir noch eilig, was ich auf dem Ball tragen sollte. Danielle versicherte mir, ihre Mutter, die im Nachbardorf Schneiderin war, werde mir bei der Anfertigung des Kostüms mit Vergnügen behilflich sein. Ich dankte ihr überschwenglich, und sie eilte davon.

Für den Rest des Nachmittags war ich viel zu aufgeregt, um zu lesen oder zu ruhen; ich beschäftigte mich vielmehr damit, Skizzen zu zeichnen, nach denen Danielles Mutter mein Kostüm nähen sollte.

Die Aufregung über den bevorstehenden Ball war offenbar allgemein: am späten Nachmittag kam Raoul, führte mich in sein Zimmer und zeigte mir das Kostüm, welches er tragen würde. Mademoiselle Dupont hatte es in einer Truhe gefunden, in der die Marquise verschiedene Andenken aufbewahrte. Es war ein winziger, grüner Anzug mit Quasten und Glöckchen daran und dazu passenden kleinen, grünen Schuhen. "Mama hat das getragen, als sie klein war." verriet mir Raoul, "Es ist ein irisches Elfenkostüm; ich gehe als irischer Waldelf!" sagte er und wartete auf meinen Beifall.

Die Vorstellung von einer kleinen Diane, die dieses winzige Kostüm einmal getragen hatte, brachte mich zum Lachen. Das Bild von der Marquise als kleinem Mädchen, das sich als grüner Kobold verkleidet hatte, versetzte mich während der nächsten Tage in beständige Heiterkeit. Ganz gleich wo ich mich befand: wann immer ich sie mir so vorstellte, brach ich in haltloses Gekicher aus!

Als die Vorbereitungen für das Fest voranschritten, stellte man zusätzliche Bedienstete ein, aber dennoch war es Danielle fast unmöglich, aus dem Schloß fortzukommen. Am nächsten Tag aber gelang es ihr; sie hatte eben genug Zeit, um mich zum Häuschen ihrer Mutter zu bringen, welches am Rande von Sol gelegen war.

Danielle und ich liefen die kurze Strecke dorthin in weniger als dreißig Minuten. Danielles Mutter war eine sehr stille, freundliche Frau, die zu unseren aufgeregten Beschreibungen nur nickte und dabei Maß nahm. Zufällig hatte sie genau die Stoffe zur Hand, welche ich brauchte. Ich wollte sie für ihre Mühe entlohnen, doch sie ließ es nicht zu und nahm nur das

Geld für den Stoff an.

Zu den nächsten beiden Anproben ging ich allein, und als ich mein Kostüm schließlich abholte, hinterließ ich heimlich eine Geldsumme, von der ich hoffte, daß sie ihr ihre Arbeit großzügig entgalt.

Das Fest sollte am nächsten Abend stattfinden, und viele der Gäste waren schon eingetroffen. Stimmen, Gelächter und Musik schallten durch das sonst so ruhige Schloß.

Beim morgendlichen Unterricht waren Raoul und ich von Danielle unterbrochen worden. Sie brachte eine Nachricht von der Marquise, die darin meine Erlaubnis erbat, Raoul von Danielle hinunterbringen zu lassen, da sie ihn einigen Gästen vorstellen wollte. - Raoul war gewöhnlich ein hingebungsvoller Schüler, doch die ganze letzte Woche über hatte er vor Aufregung schon kaum mehr stillsitzen können, und als er an diesem Morgen an Danielles Hand das Schulzimmer verließ, hüpfte er vor Freude wie ein junges Füllen.

Am Morgen des großen Tages trafen noch immer neue Gäste ein, als ich in die Bibliothek hinunterging. Ich hatte mein Buch beendet und wollte mir gern ein anderes holen, denn das Lesen lenkte mich von meiner Nervosität wegen des bevorstehenden Balles ab. In Gedanken versunken ging ich durch die Halle - und fiel fast über einen Stapel Gepäck, der dort lag. Das erinnerte mich an die peinliche Szene vor zwei Wochen, als ich mich der Marquise so heftig und unsanft zu Füßen geworfen hatte.

Seit dem Diner am Abend jenes Tages hatte ich die Marquise nicht mehr gesehen. Ich hörte, daß sie und Lady Barbara täglich ausritten und verzehrte mich vor Neid, denn ich sehnte mich sehr danach, einmal wieder reiten zu dürfen. Vielleicht, so dachte ich, konnte ich das Thema jetzt wieder zur Sprache bringen, da seit meinem Unfall schon so viel Zeit vergangen war.

Ich umfaßte das Buch, das ich zurückbringen wollte und klopfte gewohnheitsmäßig an die Tür der Bibliothek. "Entrez!" - Ich zuckte zusammen, denn ich erkannte die Stimme der Marquise.

Ich trat ein und schloß die Tür hinter mir. Sie saß an ihrem Tisch und schrieb. Dann blickte sie erstaunt auf. "Ah, ma déesse, Mademoiselle Torn. Welch reizende Begegnung!" Ich erkannte das boshafte Glitzern in ihren Augen und fühlte sehr wohl, daß sie sich genau wie ich an jene letzte Gelegenheit erinnerte, bei der sie mich mit diesen Worten begrüßt hatte.

"Madame la Marquise", begann ich verwirrt, denn ich hatte geglaubt, sie befände sich mit Lady Barbara auf einem Ausritt, und ihre unerwartete Anwesenheit in der Bibliothek brachte mich ganz außer Fassung. "Madame la Marquise", sagte ich noch einmal, "ich hoffe, Sie haben nichts dagegen, daß ich die Bibliothek benutze."

Ich wagte einen kurzen Blick auf ihr Gesicht, um ihre Reaktion auf meine Frage zu sehen. Sie betrachtete mich mit ihrem seltsamen kleinen Lächeln. Das Kinn in die Hand gestützt saß sie da und schenkte mir ihre ganze Aufmerksamkeit, doch sie sprach nicht. Ich wiederholte, "Ich hoffe, Sie haben nichts dagegen einzuwenden. Ich wollte nur dieses Buch hier zurückbringen und mir dafür ein anderes holen."

Als wenn es ihr Mühe machte, besann sie sich endlich. "Tun Sie, was immer Sie möchten", sagte sie und winkte in Richtung der Bücherschränke. Ich fühlte ihren Blick im Rücken als ich das Buch in seine Reihe stellte, ein anderes nahm und mich schnell umdrehte, um hinauszugehen.

"Warten Sie", befahl sie, als meine Hand schon auf dem Türgriff lag. Ich wandte mich um. Sie hatte sich erhoben und stand jetzt vor mir. Unsere Augen trafen sich.

"Sie kommen heute abend zum Ball?" In ihrer Stimme lag nur der Hauch einer Frage. Ich blickte zur Seite und murmelte "Ja."

"Gut." Ihre Augen verengten sich, und ich fragte mich, woran sie wohl dachte. Vielleicht bereute sie es, mich eingeladen zu haben?

"Wünschen Sie noch immer, daß ich komme?" fragte ich, - ein wenig zu ängstlich.

"Natürlich!" stieß sie grollend hervor und wiederholte dann sanfter, "Natürlich, ma chère."

"Danke", sagte ich und wandte mich zum Gehen, "danke für das Buch und für Ihre Einladung."

Sie tat meine Worte mit einer Handbewegung ab. Als ich durch die Tür ging, rief sie mich wiederum zurück. "Mademoiselle Torn!" Sie nahm einen Brief vom Schreibtisch. "Das ist vorhin für Sie gekommen."

Als ich die Handschrift meiner Mutter erkannte, konnte ich meine Aufregung kaum verbergen. - Ich hatte meinen Eltern zahllose Briefe geschrieben, doch dies war die erste Antwort, die ich erhielt, seit ich im Schloß eingetroffen war! "Ich danke Ihnen", sagte ich und lächelte die Marquise voller Freude an.

Ich rannte in mein Zimmer hinauf und öffnete den Brief; sie schrieb: "Liebe Kate, ich weiß, wir sind sehr nachlässig gewesen mit dem Briefeschreiben, aber Du kannst Dir ja denken, daß wir in dieser Saison viel herumgekommen sind und schrecklich beschäftigt waren. Es macht uns immer glücklich, Deine Briefe zu erhalten und zu erfahren, daß es Dir gut geht. Wir sind sehr dankbar dafür, daß wir uns um Dich keine Sorgen machen müssen. - Was Du von Deinem Schloß erzählst, klingt ungemein romantisch. Gibt es auch Geister dort?? - Tut mir leid, daß ich so drauflosplappere. Ich schreibe Dir aus einem Hotel in Dublin. Sehr traurige Nachrichten! Großmutter Thorn ist letzte Woche verschieden, und Papa und ich sind hier, um ihren Nachlaß zu ordnen. Heute morgen ist das Testament eröffnet worden, und Du bist die Erbin! Man hat für Dich einen Treuhandfonds eingerichtet, der es Dir ermöglichen wird, den Rest Deines Lebens sorgenfrei zu verbringen. Laß mich also wissen, wann Du ins Kloster eintreten willst, denn dann muß Dein Vermögen dem Orden übergeben werden. Jedenfalls war der Tod Deiner Großmutter ein Segen - nicht nur wegen der Erbschaft. Sie war schon seit vielen Jahren leidend, wie Du weißt, und der Tod kam als Erlöser. Trauere nicht! Sie ist jetzt glücklich, und Du bist reich. Die Anwaltsfirma O'Donovan & O'Donovan wird in Bälde mit Dir Verbindung aufnehmen. - Papa und ich machen im Frühling eine kleine Reise nach Paris. Vielleicht besuchen wir Dich dann, Schätzchen! Schreibe uns fleißig! Alles Liebe! Mama".

Der Brief meiner Mutter erfüllte mich mit gemischten Gefühlen. - Ich hatte meines Vaters Mutter nur wenige Male gesehen, und die Nachricht von ihrem Tod versetzte mich nicht eben in überwältigende Trauer. Den Tod meiner Großmutter mütterlicherseits würde ich bitter beweinen, das wußte ich, - hatte ich doch so viele Sommer meiner Kindheit bei ihr verbracht, doch für diese andere Frau, die ich kaum kannte, vermochte ich nichts zu empfinden. Die Erbschaft überraschte mich, doch wenn ich es recht bedachte, war es nur natürlich, daß sie mir als dem einzigen Kind ihres einzigen Sohnes ein Erbe hinterließ, und wenn sie ihre Drohung wahrgemacht hatte, meinen Vater gänzlich zu enterben, weil er seinerzeit gegen ihren Willen mit meiner Mutter davongelaufen war, mußte ich sogar die Alleinerbin sein, und in diesem Fall konnte ich die nächsten achtzig Jahre meines Lebens nicht nur "sorgenfrei", sondern sogar ausnehmend behaglich verbringen, ohne zu arbeiten. - Großmutter Thorn war sehr wohlhabend gewesen,

- und sehr geizig.

Bald aber vergaß ich den Brief meiner Mutter, denn nun mußte ich mich für den Ball herrichten.

Gegen Abend kam Raoul in mein Zimmer; er war schon in seinem Kostüm und sah ganz und gar anbetungswürdig aus! "Du bist der hübscheste Kobold, den ich jemals gesehen habe!" sagte ich. Er strahlte und sah mir zu, wie ich letzte Hand an meine Kostümierung legte.

Ich versteckte mein Haar unter einem leuchtend bunten Tuch, rieb mir Ruß ins Gesicht und schwärzte meine Augenbrauen. Meine Lippen rötete ich mit einer Paste, die Danielle gehörte. Ich trug einen geblümten Rock in allen Farben des Regenbogens, eine weiße Bluse mit weiten Ärmeln und eine scharlachrote Weste. Dazu hatte ich zahllose Armbänder und Ketten aus kleinen bunten Perlen und glitzerndem Metall angelegt.

Als wir zusammen die Treppe hinuntergingen, bemerkte Raoul, "Sie sehen aus wie eine Zigeunerin, Mademoiselle Torn!", und ich scherzte, "Wie hast Du das nur erraten, mein Kleiner?"

Als wir im Festsaal angekommen waren, verschwand Raoul bald in der Menge der Gäste. Ich sah mich nach der Marquise um, doch meine Suche war vergeblich. So schlenderte ich umher und besah mir die Tische, welche, mit köstlichen Speisen beladen, an den Wänden standen. Ich hörte Musik, sah jedoch keine Musikanten. Da ich herausfinden wollte, woher die Klänge kamen, ging ich darauf zu. Unterwegs trat ich einem Cäsar auf die mit Sandalen bekleideten Füße, streifte einen Hannibal, zwei Kleopatras, eine ganze Anzahl von Nymphen und einige lüstern schielende Satyrn.

Endlich entdeckte ich die Musikanten an der Schmalseite des langgestreckten Saales. Ein Cellist war da, ein Flötist, ein Zwerg mit einer Mandoline und ein junges Mädchen, das die Harfe spielte. Jemand erzählte mir, sie seien alle Angehörige einer besonders musikalischen Familie aus Sol.

Ich betrachtete mir die Kostüme, lächelte zurück, wenn jemand mich anlächelte, sprach aber zu niemandem. Noch wurde nicht getanzt; die Gäste standen alle herum, plauderten und aßen. Ich suchte Raoul - und fiel fast in Ohnmacht, als ich ihn am anderen Ende des Saals entdeckte: Er saß neben einer Nonne, und im ersten Augenblick glaubte ich, in ihr Soeur Marie Ange zu erkennen! Doch als ich bemerkte, daß sie eine schwarze Augenmaske trug, wurde mir klar, daß dies keine meiner

Freundinnen aus dem Kloster war, sondern eine sehr weltliche Dame mit einem boshaften Sinn für Humor. Bevor ich noch zu Raoul hinübergehen konnte, versperrten mir drei Schalksnarren Weg und Sicht, und als ich wieder hinsah, war die Nonne verschwunden.

Raoul fand ich schließlich im Gespräch mit einer Dame, die ich sogleich als Lady Barbara erkannte. Sie trug ein langes, meergrünes Gewand, das eine Schulter freiließ und mit goldenen Säumen geschmückt war. Ihre goldenen Locken hingen ihr wie Kaskaden vom Haupt und waren mit winzigen roten Rosen durchwirkt. Raoul sah mich und winkte mich heran.

"Oh, eine Wahrsagerin. Wie kurios!" - Lady Barbara schnüffelte in meine Richtung als erwartete sie, daß ich auch wie eine Zigeunerin röche.

"Ja", antwortete ich kurz. - Ich war fest entschlossen, zu dieser Dame liebenswürdig zu sein, doch langsam erhob sich in mir der Verdacht, daß ich mir damit eine allzu harte Bußübung auferlegt hatte.

Raoul ergriff meine Hand und flüsterte, "Lady Barbara ist eine Dichterin!"

"Oh, wirklich?" fragte ich. - Ich war der Meinung gewesen, sie sei als Hetäre erschienen.

"Haben Sie vielleicht schon einmal etwas von Sappho gehört?" sagte sie schnippisch und schritt hinweg.

Raoul und ich wandten uns darauf den tausend Köstlichkeiten zu, die die Köche zum Gaumenkitzel der Gäste zubereitet hatten, und ich sah mich von Zeit zu Zeit nach der Marquise um, entdeckte sie jedoch nirgends. Nachdem wir gesättigt waren, tanzten Raoul und ich zusammen, hörten noch eine Weile der Musik zu und betrachteten uns die anderen Gäste. Einmal forderte mich ein erwachsener Kobold mit leiser, angenehmer Stimme zum Tanzen auf, doch ich lehnte ab und deutete auf Raoul, der in seinem Sessel schon fast eingeschlummert war.

"Komm mit mir, mein Kleiner", bat ich und führte das schläfrige Kind hinauf. Oben kam uns Liane, seine Nurse, entgegen, nahm ihn in Empfang und bat mich, doch wieder hinunterzugehen.

Bevor ich den Ballsaal wieder betrat, blieb ich einen Moment unschlüssig stehen. Unter der Tür erblickte ich Lady Barbara, die in meine Richtung sah. Sie machte eine Bemerkung zu ihrem Begleiter; er wandte sich nach mir um und betrachtete mich. Dann sagte er etwas, worüber die Dame in schrilles

Gelächter ausbrach. Sie warf den Kopf in den Nacken und ging am Arm des Herrn davon.

Ich beschloß, zu Bett zu gehen. Doch vorher wollte ich mir Sapphos Gedichte aus der Bibliothek holen, um mein Griechisch aufzufrischen. Als ich die Bibliothek betrat, sah ich zu meinem Erstaunen, daß dort bereits eine Lampe brannte. Sie warf flackernde Schatten, und ich hörte auch hier ganz deutlich die Musik. Als ich eben auf den Schrank zuging, in welchem die Gedichtbände aufbewahrt wurden, hörte ich hinter mir eine Bewegung und eine leise, tiefe Stimme sagte gedehnt, "Endlich kommst Du."

Ich fuhr herum - und stand vor der Nonne, die ich vorhin für Soeur Marie Ange gehalten hatte. Doch jetzt, aus der Nähe, erkannte ich sogleich die Glut dieser überwältigenden, dunklen Augen. - Ich hätte es mir denken können, und doch verlor ich fast die Besinnung.

Als meine Knie unter mir wankten, umfaßte mich die Marquise und hielt mich aufrecht.

"Madame la Marquise", rief ich heiser, "wie haben Sie mich erschreckt!" Sie lachte leise und hielt mich weiter umschlungen. Ich versuchte, mich aus ihren Armen zu befreien, denn mein Herz schlug so heftig, daß ich fürchtete, sie könnte es hören.

"Wir wollen tanzen", flüsterte sie rauh. Plötzlich lagen meine Arme um sie, und wir tanzten sehr langsam. Einige Augenblicke lang blickte ich starr auf ihr Kinn, doch dann fühlte ich, wie mein Körper sich anschmiegte und der Musik hingab. Ich spähte vorsichtig in das unergründliche Gesicht der Marquise, und dann nahm ich ihr - mit einer Kühnheit, die mich noch heute erstaunt - die Maske ab und sah ihr direkt in die schönen, blitzenden Augen. Wir hatten aufgehört zu tanzen, standen still und hielten uns in den Armen. - Was dann hätte geschehen können, weiß ich nicht zu sagen, denn im selben Augenblick flog die Tür auf und eine verschwommene Erscheinung aus Meergrün und Gold rauschte herein. Ich war schon auf dem Weg zur Tür und als ich an Lady Barbara vorbeilief, versetzte sie mir einen wütenden Stoß. Ich rannte aus der Bibliothek und hörte, wie sich Lady Barbaras Stimme vor Zorn überschlug.

Auf dem Weg in mein Zimmer zitterte ich vor Empörung über den groben Puff, den sie mir gegeben hatte. Zugleich überfielen mich Empfindungen von Schuld und Furcht, die die Umarmung der Marquise in mir geweckt hatte - und bei alledem bebte ich in einem lächerlichen Glücksgefühl, das ich weder erklären noch unterdrücken konnte.

In jener Nacht warf ich mich ruhelos umher. Deutlicher als jemals zuvor sah ich die rätselhafte Züge meiner Herrin vor mir. Wieder und wieder rief ich mir den Zauber ihrer dunklen Augen und den Reiz ihres heimlichen Lächelns in Erinnerung. -

1o. KAPITEL

In den nächsten Tagen sah ich die Marquise weder, noch suchte ich ihre Gesellschaft. Sie war ganz mit den ungefähr zwölf Gästen beschäftigt, die sich entschlossen hatten, nach dem Fest noch einige Tage zu bleiben.

Ich wurde zwischen Gefühlen von Schuld und Selbstmitleid hin und her gerissen und weinte oft ohne ersichtlichen Grund. Manchmal dachte ich ernsthaft daran, daß Schloß zu verlassen, um mein Elend und meinen inneren Aufruhr nicht weiter zu verlängern. Doch dann sah ich im Nebel meiner widerstreitenden Gefühle plötzlich einen Lichtschimmer: ich stellte fest, daß mich Lady Barbaras Eifersucht ebenso beunruhigte wie die Freude, welche ich in der Umarmung der Marquise empfunden hatte.

Nun beschloß ich, mit Morgan über meine mißliche Lage zu sprechen. Die Tante der Marquise hatte mich stets durch ihre Weisheit beeindruckt, und mein Herz sagte mir, daß sie mir den richtigen Rat geben würde. Am Sonnabend nach dem Ball verließ die Marquise mit allen ihren Gästen das Schloß, um einen Ausflug nach Pomme zu unternehmen. Als ich mich vergewissert hatte, daß alle fort waren, schlich ich hinaus und ging rasch zum Wald. In der vorigen Nacht hatte es ein wenig geschneit; das erschwerte es mir, meinen Weg durch den Wald zu finden, doch wie durch ein Wunder erreichte ich das Cottage. Als ich eintrat, floh ein kleines weißes Kätzchen an mir vorbei in die Schneelandschaft. Morgan rollte die Augen über die Scheu des Tierchens und empfing mich mit offenen Armen. Sie nahm mir mein nasses Cape ab und hob mit amüsiertem Erstaunen eine Augenbraue, als sie sah, womit ich bekleidet war: ich hatte den grünen Reitanzug angelegt, den mir die Marquise im Sommer geschenkt hatte. Meine Füße waren in den hohen Stiefeln trocken geblieben, doch durch alles andere war die Feuchtigkeit hindurchgedrungen, als ich durch das Unterholz gestreift war. Ich schlüpfte auf Morgans Drängen aus dem feuchten Anzug, und sie hüllte mich in eine dicke dunkelrote Decke. Sie bestand darauf, daß ich mich ans Feuer setzte, um mich zu wärmen, und breitete meine Kleidungsstücke auf

Stühlen und Schemeln zum Trocknen aus. - Morgan hatte etwas von einer herben Mutter an sich; ich seufzte glücklich und sah ihr zu.

Schließlich setzte sich Morgan neben mich und reichte mir einen Becher des Minzetees, den ich besonders gern mochte. "Nun also, was führt Sie an einem solchen Tag hierher?" fragte sie mich und sah mich über den Rand ihres Bechers hinweg an.

Ich beantwortete ihre Frage mit einer weiteren und war selbst überrascht, daß ich es wagte, sie zu stellen, obwohl ich mich innerlich seit Monaten auf diesen Augenblick vorbereitet hatte. Ich fragte mit sanfter Stimme, "Welcher Art ist Ihre Freundschaft mit Mademoiselle Dupont?"

Morgan zuckte nicht mit der Wimper und gab auch kein anderes Zeichen von Überraschung zu erkennen. Sie sah mich lange eindringlich an, bevor sie antwortete, und ich glaubte schon, sie mit meiner intimen Frage verärgert zu haben. Doch da erhob sie sich und ging, ganz wie ich es bei unserer ersten Begegnung gesehen hatte, mit langen Schritten im Zimmer auf und ab. Ihre Stimme war jedoch ruhig, und während sie sprach, sah sie mich häufig an. "Ah, Mademoiselle Torn, ich hatte schon lange erwartet, daß Sie mich nach Denise fragen würden - ich habe diesen Augenblick vorausgesehen, und doch weiß ich jetzt, wo er gekommen ist, noch immer nicht, was ich Ihnen antworten soll, was ich Ihnen sagen d a r f."

Sie blieb neben mir stehen, trank etwas Tee und fuhr fort, "Denise ist - neben Diane und ihrem Sohn - der Mensch, der meinem Herzen am nächsten steht. Wir sind Freundinnen - wir lieben einander, schon lange." Sie wartete auf meine Reaktion. Ich schlug verlegen die Augen nieder und ordnete geschäftig die Falten meiner Decke. Schließlich fragte ich sie, "Wie haben Sie sich kennengelernt - Sie und Mademoiselle Dupont?"

Morgan warf mir ein Lächeln zu, das dem ihrer Nichte nicht ganz unähnlich war. Dann erzählte sie es mir: "Ich kam einmal im Frühling, um Diane zu besuchen. Raoul war damals noch sehr klein. Denise und ich lehrten ihn in diesem Sommer das Laufen - und im Herbst wußte ich, daß ich nicht mehr getrennt von ihr leben wollte. Ich fuhr in meine Heimat, verkaufte meinen Besitz und trug meine persönliche Habe zusammen. Als ich hierher zurückkehrte, entdeckte ich zu meiner großen Freude, daß Diane in meiner Abwesenheit dieses Haus für mich hatte bauen lassen. Vor meiner Abreise hatten wir einmal über die Möglichkeit eines solchen Arrangements gesprochen, und das liebe Kind drängte mich damals, ihr einige grobe Skizzen von dem zu zeichnen, was ich mir vorstellte. - Ich bin keineswegs arm und hatte zunächst vorgeschlagen, Denise mit mir zu nehmen, wohin immer sie wollte. Wir hätten auf Reisen gehen oder uns in einem fernen Land niederlassen können. Doch sie wollte sich nicht so weit von ihrem Geburtsort entfernen - sie ist die Tocher eines mittellosen Landpfarrers aus Pomme. Zudem ist sie eine sehr stolze Frau: sie schätzt die finanzielle Unabhängigkeit über alles, die sie sich nun in fast dreißig Jahren als Verwalterin des Schlosses erworben hat. Mein Vermögen würde ausreichen, um zwanzig Freundinnen ein behagliches Leben zu bieten, aber Denise ist eine eigensinnige Frau, Mademoiselle Torn, eigensinniger als Sie und ich - und vielleicht sogar halsstarriger als meine Nichte."

Morgan machte eine Pause und ich fragte, "Aber warum wohnen Sie nicht im Schloß? Warum leben Sie hier, mitten im Wald, wenn Sie doch Denise - Mademoiselle Dupont viel näher sein könnten?"

Sie lächelte ein wenig schief und sagte, "Ach, Mademoiselle Torn, ich vergesse immer wieder, wie unerfahren Sie sind, welch ein Kind. Sie übersehen, daß wir beide, Denise und ich, nicht mehr jung waren, als wir uns begegneten. Wir hatten beide bereits unsere unabänderlichen Lebensgewohnheiten. Ich zum Beispiel muß der Erde nahe sein - meinen Kräutern, meinen Bäumen und den Tieren. Bedauern Sie uns nicht, Mademoiselle Torn. Wir sind sehr glücklich mit diesem Arrangement."

Darauf fragte ich sie mit einer Unbekümmertheit die ich gleich bereuen sollte, "Und diese Narbe auf Ihrer Wange?"

Morgans Lächeln gefror auf ihrem Gesicht. Mit sehr ruhiger Stimme sagte sie, "Das ist etwas, worüber ich niemals sprechen möchte, Mademoiselle Torn."

Das sinkende Gefühl in meiner Magengrube sagte mir, daß ich hier meine Grenzen überschritten hatte. Doch nach ihrer ersten Reaktion schien sie meinen faux pas wieder zu vergessen und war heiter und liebenswürdig wie zuvor. Sie ermunterte mich, ihr vom Maskenball zu erzählen. Was für ein Kostüm hatte ich getragen? (- Es amüsierte sie sehr, als ich es ihr sagte! -) Was hatte Raoul getragen? Und wie hatte ihm das Fest gefallen? Und hatte Lady Barbara ihr "gewohntes erfreuliches Naturell" bewiesen? Als Morgan diese Frau erwähnte, deren Persönlichkeit außer der Marquise niemand erträglich zu finden schien, schnitt ich ein Gesicht, doch ich erzählte Morgan nichts von meiner Begegnung mit der Marquise in der Bibliothek, auch nichts davon, wie Lady Barbara hereingestürmt war - nichts vom Aufruhr meiner Gefühle und nichts von meinen Ängsten. Ich kleidete mich wieder an und ging, ohne sie nach all dem zu fragen, was mich hergeführt hatte.

Am nächsten Tag studierte ich Mademoiselle Dupont mit einer ganz neuen Aufmerksamkeit, doch sie war wie immer - dieselbe flinke, tüchtige und zurückhaltende Frau, die ich kannte. Sie verriet mit keiner Geste, ob Morgan ihr von meinem Besuch im Cottage erzählt hatte und war ebenso ruhig und distanziert wie immer. - Plötzlich begriff ich: nein, es war nicht Mademoiselle Dupont, die sich veränderte, - es war vielmehr Mademoiselle Thorn, mit der tiefgreifende Veränderungen vorgingen.

Im Schloß war es nach der heiteren Betriebsamkeit der letzten Tage ungewöhnlich ruhig, und ich erkundigte mich bei Danielle nach dem Grund. Sie sagte mir, daß die letzten Gäste am Morgen abgereist waren.

An jenem Nachmittag - ich hatte mich mit einem besonders anregenden Buch zurückgezogen - wurde ich plötzlich von Stimmengewirr und durcheinanderlaufenden Schritten aufgeschreckt. Als ich mich eben fragte, ob sich Danielle mit der Abreise der Gäste wohl geirrt habe, stürzte sie atemlos in mein Zimmer. "Es ist etwas geschehen! Madame la Marquise . . . man hat auf sie geschossen", keuchte sie. "Sie bringen sie gerade herauf. Oh, bitte, Mademoiselle, gehen Sie zu ihr!" - Doch da rannte ich schon durch den Flur. Ich stürzte durch ihren Salon ins Schlafzimmer - und sah sie. Sie lag an der Stirnseite des Raumes regungslos auf ihrem Bett; mehrere Personen bemühten sich um sie. Ihr Arzt fühlte ihren Puls, dann verließ er das Zimmer. Mademoiselle Dupont winkte daraufhin den anwesenden Dienstboten, ihr zu folgen. Sie schloß die Tür, und ich war allein mit der Marquise - mit ihrem Leichnam. Ich sah ihr weißes Gesicht, ihre geschlossenen Augen, die langen, dunklen Wimpern. -

Ich wandte mich ab und preßte meine geballten Fäuste gegen die Tür. Dann plötzlich hörte ich mich wie aus weiter Ferne schreien wie ein Tier. Es begann mit einem tiefen, schrecklichen Grollen und steigerte sich zu furchtbarem, schneidendem Klagen und Wimmern. Ich schlug mit den Fäusten gegen die Tür bis sie bluteten. Schließlich fiel ich zu Boden und weinte. Die Tränen brannten auf meinen zerschlagenen

Händen. Lange Zeit lag ich so, bis mich plötzlich der Gedanke - die wahnwitzige Hoffnung überkam, sie wäre vielleicht nicht wirklich tot. Ich blickte zu ihr hinüber - doch kein Wunder hatte sich ereignet; sie lag noch immer regungslos und weiß auf ihrem Bett.

Ich ging zu ihr und betrachtete ihren blassen, überirdisch schönen Leib. Sehr behutsam berührte ich ihre noch warme Haut und strich ihr die schwarzen Locken aus der Stirn. Nein, ich konnte nicht glauben, daß ich das teuflische, das wunderbare Lächeln in ihren Augen nun nie mehr sehen sollte. Wieder schluchzte ich auf; dann beugte ich mich über sie und küßte ihren Mund. Als ich mich wieder aufrichtete und die Augen öffnete, s a h s i e m i c h a n ! - Ich sank in die Knie und fühlte, wie mich eine tödliche Ohnmacht überkam. Doch da richtete sie sich auf und hielt mich fest. Ich lag halb auf ihrem Bett; sie schüttelte mich und bat mich wieder und wieder um Verzeihung: "Mademoiselle Torn, es tut mir so leid." Die Marquise setzte ihre Litanei der Entschuldigungen fort, und ich zweifelte an meinem Verstand.

"Mademoiselle Torn, Liebste, es tut mir unendlich leid!" Endlich durchbrachen ihre Worte meine schreckensstarre Benommenheit.

Ich starrte sie ungläubig an, und schließlich schrie ich, "Sie haben mit angehört wie ich klagte und haben mir nicht gesagt, daß Sie nicht tot sind?" - Ich schlug vor Zorn gegen ihr Bett, doch sie hielt meine Hände fest und küßte meine zerschundenen Fingerknöchel.

"Oh Mademoiselle Torn, Sie haben wirklich geglaubt, ich sei nicht mehr unter den Lebenden?" Die Marquise fragte mich wie ein Kind.

Ich suchte in ihren Augen nach den Spuren einer grausamen Laune, aber was ich dort sah, beruhigte mich. Dennoch grübelte ich laut vor mich hin, "Aber warum, warum haben Sie das getan?"

Sie hielt meine Hände weiter sanft in den ihren und sagte, " Bitte, Mademoiselle Torn, lassen Sie es mich erklären. Sie werden mir verzeihen, wenn Sie erst alles wissen."

Dann erzählte sie mir, was vorgefallen war: am Morgen, nachdem der letzte Gast abgereist war, hatte sie sich entschlossen, zur Bank in Pomme zu fahren und dort eine geschäftliche Angelegenheit zu regeln. Als sie gerade im Privatbureau des Bankiers Platz genommen hatte, verschaffte sich ein junger Mann Zutritt zu diesem Raum und fuchtelte mit einem Revolver herum. Der Eindringling beabsichtigte, den Bankier und seine Besucherin solange als Geiseln festzuhalten, bis er die Marquise gezwungen hätte, ihm ihren Besitz und ihren Titel zu überschreiben, da er sich für den rechtmäßigen Erben ihres toten Gatten hielt.

Der Mensch war, wie sich herausstellte, Yves Martin, der illegitime Sohn eines Onkels des Marquis. Er hatte den Namen 'de Rochelle' angenommen und war nun entschlossen, sich auch des Übrigen zu bemächtigen, koste es, was es wolle.

Die Marquise brachte ihn dazu, immer weiterzusprechen und sann dabei über Möglichkeiten des Entkommens nach, doch unglücklicherweise hatte das Bureau nur eine Tür und keine Fenster.

Als der junge Mann eben über die Verzögerungstaktik der Marquise ungeduldig zu werden begann, brach der Bankier plötzlich zusammen; er hatte vor Schreck einen Herzanfall erlitten und starb. Darüber geriet der Eindringling in Verwirrung und war eine Sekunde lang unaufmerksam. Diese Chance nutzte die Marquise: sie entriß ihm den Revolver, floh durch die Tür und verschloß sie hinter sich. Dann wies sie den verängstigten Kassierer an, Hilfe zu holen.

"Und was geschah dann?" fragte ich, da sie in ihrem Bericht innehielt.

"Nun ja", seufzte sie, "der Gendarm kam mit einigen Leuten und wir schlossen die Tür auf. - Der Herr Erbe plapperte unzusammenhängendes Zeug, und der Geifer lief ihm über das Kinn. - Es war ziemlich ekelerregend.- Doch als sie ihn hinausführten, blieb er vor mir plötzlich stehen und sagte mit vollkommen klarer Stimme, 'Und doch werde ich Dich eines Tages töten, Hexe!' Nun, man hat mich schon Ärgeres geheissen, und ich hätte seinem Unflat weiter gar keine Beachtung geschenkt, aber da murmelte er etwas von einer früheren Gelegenheit, bei der er mich schon einmal zu töten versucht habe. Er sagte, er habe mich tot geglaubt, als er mich damals vom Pferd fallen sah. Als er jedoch nicht, wie er es erwartet hatte, meine Erbschaft erhielt, entdeckte er, daß ich noch lebte und plante einen neuen Anschlag. - Während ich begriff, daß er es gewesen war, der im letzten Sommer auf Sie geschossen hatte, überkam mich eine rasende Wut darüber, daß ich diese Bestie nicht eigenhändig getötet hatte, anstatt die Gendarmen zu rufen."

Ich konnte sie nur sprachlos anstarren, und sie fuhr fort, "Ich fühlte, daß ich schnell handeln mußte, um diesen Wahnsinnigen wirklich unschädlich zu machen. Ich berichtete dem Gendarmen, Monsieur Jardinier, daß dieser Verbrecher den Tod des Bankiers verschuldet hatte - und dann beschloß ich, ohnmächtig zu werden und so zu tun, als stürbe auch ich vor Schrecken. - Es ist mir ausnehmend peinlich, zu einer so niedrigen Taktik meine Zuflucht genommen zu haben, doch es ist nun einmal so: eine Frau, die in Ohnmacht fällt und zu sterben droht, erweckt Mitleid und spornt das minder scharfsinnige Geschlecht der Männer an, alles zu tun, um der Gerechtigkeit zum Sieg zu verhelfen. Ich bin sicher, daß der Gendarm den mörderischen Schurken nun angemessen behandeln wird. - Als ich dann hier hereingetragen wurde, gab mir mein Arzt ein schweres, beruhigendes Mittel, denn die ganze Affäre hatte mich wirklich sehr erschüttert, und als Sie hereinkamen, tat es bereits seine Wirkung; ich war wie gelähmt und ganz außerstande, auch nur die Augen aufzuschlagen. Erst Ihre klagenden Schreie weckten mich aus dieser Trance."

"Aber, Madame la Marquise", beharrte ich, "warum überließen Sie mich meiner Verzweiflung? Sie wußten, daß ich Sie tot glaubte und gaben mir kein Zeichen?"

Ich errötete, als sie leise lachte und sagte, "Ma chère, ich glaube nicht, daß Sie mich gehört hätten.", doch ich bestand darauf: "Aber danach, als ich auf der Erde lag und weinte?"

- Zum erstenmal seit ich sie kannte, schlug die Marquise die Augen nieder. Sie schwieg lange auf meine Frage. Endlich sagte sie leise, "Ich konnte nicht. Ich empfand da plötzlich, wie sehr Sie mich --"

Sie unterbrach sich - und ein unerklärliches Gefühl hinderte mich daran, auf der Beendigung ihres Satzes zu bestehen.

Wir saßen eine Weile schweigend nebeneinander auf ihrem Bett. Dann begann die Marquise nervös mit der Schärpe ihres Gewandes zu spielen und sprach davon, daß sie das Packen ihrer Koffer beaufsichtigen müsse, denn sie wolle am nächsten Morgen nach Paris fahren.

"Aber Sie sollten einige Tage ruhen - nach allem, was Ihnen widerfahren ist", sagte ich eindringlich.

"Ah, Mademoiselle Torn, ich wünschte sehr, es wäre mir möglich! Doch ich will am letzten Tag des Jahres zurücksein. Es wäre mir sehr schmerzlich, wenn Sie diesen Abend nicht mit Raoul und mir verbringen würden. Ich freue mich so sehr darauf! Bitte leisten Sie uns bei unserem traditionellen Festmahl Gesellschaft und feiern Sie die Ankunft des neuen Jahres mit uns! - Doch für jetzt habe ich versprochen, mit meiner

Freundin noch einige Tage in Paris zu verbringen, bevor sie nach England zurückkehrt."

"Für immer?" fragte ich und versuchte, mein heftiges Interesse zu verbergen.

"Nein", seufzte sie, "aber möglicherweise für sehr lange Zeit. Es ist traurig, doch - c'est la vie. Barbara und ich waren uns viele Jahre sehr nah, seit meiner Schulzeit in England. Als ich zwanzig Jahre alt war, kehrte ich auf Bitten meiner Mutter nach Ungarn zurück. Sie wußte, daß sie bald sterben würde und bat mich, zu heiraten. Ich heiratete Emile, weil ich seine Heimat liebte und weil ich meine Mutter liebte, deren letzten Wunsch ich erfüllen wollte. - Emile war erträglich, weil er in mich verliebt war und mir dennoch meine Freiheit ließ. Das heißt, bis Barbara hierher kam und er ungeheuer eifersüchtig wurde. - Nachdem Raoul geboren war, teilte ich seinem Vater mit, daß ich durch die Geburt des Kindes meinen Teil des Ehevertrags für erfüllt ansähe. Ich hatte kein Verlangen nach Emile, doch er erzürnte mich, indem er mir überallhin folgte. Auch in der Nacht als er starb war es so. - Ich war auf dem Weg zu Barbara.- Ah, Mademoiselle Torn, haben Sie eine Vorstellung von den Schwächen des Fleisches? Zwischen Barbara und mir glühte eine solche Leidenschaft - doch nun empfinde ich für sie, und das schon seit geraumer Zeit, nur mehr jene Zärtlichkeit, die wir einer Schwester entgegenbringen. Darum halten wir es für notwendig, uns zu trennen; ich habe jedoch die Hoffnung, daß wir uns eines Tages als gute Freundinnen wiederbegegnen werden."

Wieder seufzte die Marquise. Sie strich zart über meine Hand und lächelte melancholisch.

In diesem Augenblick klopfte es. Danielle und Aline traten ein und fragten, ob sich die Marquise kräftig genug fühlte, ihr Diner einzunehmen. Sie bat mich, ihr Gesellschaft zu leisten, doch ich ergriff die Gelegenheit, zu entfliehen. Ich ging halb rückwärts gewandt aus dem Zimmer, während sie noch einmal hundert Bitten an mich richtete, ihr das Geschehene zu verzeihen.

Langsam kehrte ich zu meinem Zimmer zurück und dachte über alles nach, was die Marquise mir anvertraut hatte. Ich war traurig über ihr Schreckenserlebnis an jenem Morgen. Ich war sogar traurig über ihre Entfremdung von Lady Barbara, und ich war auch traurig, weil die Marquise mir endlich das Geheimnis ihres Wesens offenbart hatte. Dieses Wissen erweckte in mir die widerstreitendsten Gefühle. Mannigfaltige Empfindungen stiegen in mir auf, doch vor allem hatte ich Mitleid mit mir selbst. Nach einigen Tagen aber schob ich in meiner gewohnten planvollen Weise alle Befürchtungen beiseite und beschloß, sie ob ihrer Ehrlichkeit nur noch mehr zu achten. Ihre Enthüllungen würden meine Gefühle für sie nicht beeinträchtigen.

11. KAPITEL

Der letzte Tag des Dezember brach an, doch die Marquise war noch nicht eingetroffen. Ich unterhielt Raoul den ganzen Tag mit immer neuen Spielen, um ihm die Wartezeit zu verkürzen. Stündlich fragte ich Mademoiselle Dupont, ob sie keine Nachricht von unserer Herrin erhalten habe - vergebens.

Der Koch hatte ein Silvester-Festmahl zubereitet. Er hielt es stundenlang warm, da man die Marquise doch jeden Augenblick zurückerwartete. Die Nacht brach herein. Schließlich konnte ich das Diner nicht mehr hinausschieben. Raoul und ich nahmen trübsinnig unsere Mahlzeit ein. Er war so müde, daß er während des Essens fast einschlief.

"Komm", sagte ich sanft, nahm seine kleine Hand und führte ihn in sein Zimmer. "Du schläfst ja schon im Stehen ein, mein Kleines. Deine Mutter ist gewiß aufgehalten worden. Morgen früh wird sie Dich wecken."

Als ich ihn zudeckte, legte er mir seine Arme um den Hals und küßte mich. "Ich liebe Sie, Mademoiselle Torn", sagte er.

"Ich liebe Dich auch, Schatz", versicherte ich ihm und erwiderte seinen Kuß. "Und weil wir Freunde sind", fügte ich hinzu, "darfst Du von jetzt an Kathy zu mir sagen." Im Mondlicht sah ich, wie er lächelte. "Katty", wiederholte er leise. Ich streichelte ihn sanft, bis ich sicher war, daß er schlief.

Auf dem ganzen Weg in mein Zimmer verfluchte ich seine Mutter! Sie war ein herzloses, egoistisches und vollkommen gefühlloses Geschöpf! Wie um alles in der Welt konnte sie dem Kind ein Versprechen geben und es dann grausam und leichtfertig brechen? Immer wieder fragte ich mich das.

Noch als ich mich auskleidete kochte ich vor Zorn über ihr Verhalten, aber als ich im Bett lag, fiel mir ein, daß es der Marquise im Grunde gar nicht ähnlich sah, eine Verabredung nicht einzuhalten. Tatsächlich konnte ich mich an keine einzige Gelegenheit erinnern, bei der sie jemals ihr Wort gebrochen hatte. - Plötzlich überfiel mich panische Angst - am Ende war ihr auf dem Weg von Paris hierher etwas zugestoßen! Ich durfte es mir nicht gestatten, mir all jene schrecklichen Möglichkeiten auszumalen, die ich vor meinem inneren Auge aufsteigen fühlte, - und zugleich kam mir zum Bewußtsein, daß ihr Ausbleiben mich mehr beunruhigte als ihren Sohn. Er war daran gewöhnt, sie nicht allzu oft zu sehen. Nicht Raoul - i c h war es gewesen, die den ganzen Tag sehnsüchtig auf ihre Rückkehr gewartet hatte! - Tausend Erkenntnisse über mich selbst pochten darauf an die Pforten meines Bewußtseins. Ich versuchte, ihnen zu entkommen und mich in die Vergessenheit des Schlafs zu flüchten.

Es mußte mir gelungen sein, denn irgendwann erwachte ich davon, daß jemand sacht meine Schulter umfasste und meinen Vornamen flüsterte: "Kathleen!"

"Madame la Marquise!" rief ich ungläubig aus. Sie stellte die Kerze, die sie in der Hand gehalten hatte, auf das Tischchen neben meinem Bett, und ich starrte sie mit aufgerissenen Augen an. Mit beiden Händen umfaßte sie meine Schultern und bat mich flüsternd, "Kommen Sie, Kathleen! Kleiden Sie sich an, so warm wie möglich. - Es tut mir sehr leid, daß ich so spät komme."

"Aber, Madame la Marquise", stotterte ich in meiner törichten Erstarrung.

"Nein, bitte - seien Sie nicht formell, Kathleen. Bitte nennen Sie mich Diane. Und nun kommen Sie!" flüsterte sie an meinem Ohr. Ihre kalte Nase drückte sich an meine Wange. - Sie mußte gerade von draußen hereingekommen sein, denn sie trug noch ihren schweren Reiseumhang.

Endlich drang die Wirklichkeit in mein benommenes Gehirn, als sie wiederholte, "Wir gehen hinaus. Bitte ziehen Sie sich warm an."

Sie sprang mit der Behendigkeit einer Katze vom Bett auf und wandte sich dann der sehr menschlichen Aufgabe zu, aus den Glutresten im Kamin ein frisches Feuer anzufachen. Ich zögerte einen Augenblick, doch dann glitt ich aus der Wärme meines Bettes und suchte meine Kleidungsstücke zusammen. Ich beobachtete sie, wie sie sich über den Kaminrost beugte und Holz auflegte; dann schlüpfte ich aus meinem Hemd und streckte eben die Hand nach meinem Unterrock aus, als sie sich wie aufs Stichwort umdrehte und mir nun zusah, wie ich mich ankleidete. Ich versuchte so zu tun, als bemerkte ich den Glanz in ihren Augen nicht und legte mit ungeschickten Händen meine verschiedenen Kleidungsstücke an. - Wie kühn sie war! Aus dem Augenwinkel sah ich, wie sie mich betrachtete. Ihre Lippen hoben sich in einem rätselhaften Lächeln. - Mir rieselte ein Gefühl von Hitze über den Leib, als ich mich daran erinnerte, wie leicht ihre Hände über meinen Rücken gefahren waren, als wir damals in der Bibliothek miteinander getanzt hatten. Genauso hatte sie damals gelächelt. - Vor Furcht und Erregung erschauerte ich, als ich mich in meinen Umhang hüllte und Schal und Handschuhe anzog. Ich vermied es, sie anzusehen und ging zur Tür. Als ich sie öffnete, ergriff sie schnell meine Hand und ich fuhr herum. Ihre dunklen Augen senkten sich in meine. "Es tut mir unendlich leid, daß ich zum Diner nicht zuhause war. Die Straßen waren hoch vom Schnee verweht, und die Kutsche blieb immer wieder stecken. Es war nicht zu ändern." Sie wartete auf meine Antwort. Ich nickte langsam, wie gebannt. Sie lachte rauh. Dann schlichen wir die Treppe hinunter und hinaus wie zwei Kinder, die ihrer Schule entlaufen.

Als wir draußen standen, vergaß ich zu flüstern. "Oh, sehen Sie nur!" rief ich aus, und sie legte den Finger an die Lippen. Ich deutete zum Himmel hinauf; die volle Mondscheibe hing über uns und erhellte die schneebedeckte Landschaft. Wir hielten einander um die Taille gefaßt und standen eine Weile so. Unser Atem stieg weiß in die Luft, und ich war mir ihrer Berührung fast schmerzlich bewußt, während wir da zum Mond hinaufsahen, den mein Vater immer den 'Planeten der Frauen' genannt hatte.

Diese Nacht gehörte uns allein. - Die Marquise nahm mich bei der Hand und führte mich zu den Ställen. Ich wußte nicht, wohin sie mich brachte, und es kümmerte mich nicht. Die Nacht bezauberte mich so sehr, daß ich gar nicht anders konnte, als mit ihr durch den Schnee zu rennen. Einmal strauchelte ich und sie fiel mit mir zu Boden. Wir lachten wie die Kinder, als wir uns den Schnee von den Kleidern klopften.

"Schau!" rief sie aufgeregt und deutete nach rechts: unter einer Baumgruppe bei den Ställen stand ein prächtiger Schimmel, der vor einen großen, glänzend roten Schlitten gespannt war.

"Oh, nein!" rief ich aus.

"Oh, ja!" antwortete sie. "Kommen Sie, Kathleen!" Im nächsten Augenblick fuhren wir schon. Wir glitten über das schneebedeckte Land, und ich fühlte mich wie in einem Märchen. Solange ich lebe werde ich die Schönheit dieser Schlittenfahrt nicht vergessen. Viele Stunden - so schien es mir - glitten wir durch den Schnee, aneinandergeschmiegt unter den vielen Decken, die sie fürsorglich in den Schlitten hatte legen lassen. Nur die Geräusche des Pferdes und das Gleiten der Schlittenkufen unterbrachen die Stille der Nacht - und meine leisen freudigen Ausrufe. - Meine Freundin sah mich oft mit so zärtlichen Augen an, und jedesmal tat mein Herz einen Sprung.

Schließlich kehrten wir zu unserem Ausgangspunkt zurück. "Das Pferd ist müde; ich wäre gern ewig so weitergefahren", erklärte sie. Ein verschlafener Stallbursche erschien und wartete, um den Schimmel in den Stall zu bringen. Die Marquise sprang vom Schlitten und streckte die Hände aus, um mir herunterzuhelfen. Als sie meine Taille umfaßte, wagte ich es und sah sie an - mit allem Glück und aller Liebe, die ich aus mir hervorströmen fühlte. Im nächsten Augenblick hielten wir uns in den Armen. Sie nahm mein Gesicht in ihre Hände und neigte sich mir langsam entgegen. Noch ehe es geschah, wußte ich, was sie tun würde. Zart küßte sie meine Lippen, meine Augen, meine Nase. Dann wirbelte sie auf dem Absatz herum und rannte auf das Schloß zu. Ich lief ihr nach.

Als wir das Gebäude betraten, sah sie mich fragend an.

"Bringen Sie mich zu Bett", murmelte ich. - Meine Aufforderung überraschte mich selbst. Sie folgte mir schweigend, und ihr stummer Gehorsam machte mich sprachlos.

Wir betraten mein Zimmer; erneut schürte sie das Feuer - und diesmal drehte sie sich nicht um, als ich mich entkleidete und mein Nachthemd überwarf. Ich schlüpfte unter die Decken. Da erst wandte sie sich um, kam zu mir herüber und setzte sich auf den Rand meines Bettes.

Flüsternd sagte ich, "Ich liebe Sie, Madame la Marquise." Sie hielt die Hände im Schoß, ballte sie zu Fäusten und öffnete sie wieder. Mit rauher Stimme murmelte sie etwas, das ich nicht verstand. "Wie?" fragte ich.

"Diane", wiederholte sie nun deutlicher. - Zu spät erinnerte ich mich daran, daß sie mich gebeten hatte, sie beim Vornamen zu nennen.

Ich blickt sie an und sah, wie sie mich durch den Wimpernschleier ihrer halbgeschlossenen Augen forschend betrachtete. Da richtete ich mich halb auf und nahm ihre Hände in die meinen. Sie verharrte regungslos, und weil ich nicht wußte, was ich sonst tun sollte, tat ich das, wonach mein ganzes Sein verlangte: ich zog sie an mich und zu mir herab, bis sie auf mir lag. Meine Arme umfaßten sie, obwohl sie noch immer ihren Reisemantel und ihre Schals trug. Ich nahm ihr Gesicht in die Hände, wie sie es vorher mit mir getan hatte, und langsam begannen wir, uns zu küssen. Meine Lippen öffneten sich schließlich ihrer vorsichtig eindringenden Zunge.

Obwohl ich völlig unerfahren war, beschenkten mich doch meine Instinkte in jener Nacht mit allem Wissen, dessen ich bedurfte. Sie erwiderte meine Leidenschaft Maß für Maß und stieß schließlich klagende kleine Laute aus. Meine eigene Kühnheit setzte mich in Erstaunen: ganz sanft und ganz systematisch begann ich, sie zu entkleiden, und nacheinander küßte ich alles, was mir dabei von ihrem wunderbaren Leib zu Gesicht kam - ihren Hals, ihre Arme, ihre Hände, ihre Finger. Ich verweilte lange an ihren Brüsten, doch dann wandte ich mich ihrem Bauch zu, ihren Beinen und ihren Füßen. Keinen Teil ihres Körpers versagte ich mir; alles küßte ich, an allem knabberte ich, an allem leckte ich. Niemals in meinem Leben hatte ich eine solche Freude empfunden.

Sie war zum Verwundern sanft und hingebungsvoll, als ich ihren Leib mit meiner Zunge erforschte und ihre Schönheit mit unzähligen Küssen besiegelte. Doch nach einer Weile drehte sie sich um, legte sich auf mich und hielt mich fest. Sie riß mir das Hemd von meinem glühenden, sich windenden Körper und flüsterte grollend, "Vergiß es nicht: D u bist die Novizin!"

Langsam küßte und liebkoste sie mich, bis ich fürchtete vor Entzücken zu vergehen. Auf jedem Gipfel der Erregung war ich sicher, nun nicht mehr weiterzukönnen, und doch stieg ich immer noch einmal höher hinauf. - Niemals zuvor hatte ich mich so aufs äußerste lebendig gefühlt, und jede Faser meines Körpers sang für meine Liebste.

Als meine Leidenschaft sich in großen, überschäumenden Wogen ergossen hatte, lag ich still in Dianes Armen - eine Ewigkeit lang, schien mir. Doch als meine Kräfte zurückkehrten, wandte ich mich ihr zu und begann unseren Tanz der Liebe aufs neue. Sie antwortete auf jede Nuance meiner Berührungen, und als ich mich niederbeugte, um ihre feuchtglitzernden Schenkel zu küssen, flüsterte sie erstickt, "Eine frühreife Schülerin!"

Mehr Ermutigung bedurfte ich nicht! Zärtlich schmeichelte ich sie mit meiner Zunge zu köstlicher Ekstase. Schließlich schrie sie ihre Leidenschaft rückhaltlos hinaus wie ein wildes Tier. Lange danach lag sie erschauernd in meinen Armen. Tränen liefen ihr über das Gesicht, und ich mußte lächeln, denn ich wußte, daß es Tränen der Freude waren. Nach tausend weiteren Küssen und Liebkosungen überkam uns langsam der Schlummer. In die Stille hinein hörte ich sie flüstern, "Ich liebe Dich, Kathleen." Ich preßte mich an sie und schlief ein. -

Am nächsten Morgen erwachte ich - und fand mich allein im Bett. Hatte ich die Ereignisse der vergangenen Nacht nur geträumt? Verstört sah ich mich im Zimmer um und suchte nach einem Anzeichen dafür, daß sie wirklich hier gewesen war, doch ich fand nichts. Keines ihrer Kleidungsstücke lag mehr auf dem Bett oder auf dem Fußboden. Mein Nachthemd hing ordentlich gefaltet auf einem Stuhl. Hatte ich mir nur eingebildet, wie ihre Hände den dünnen Stoff von meinem fiebernden Körper rissen? Ich sprang aus dem Bett und entfaltete das Hemd: da, wie um mich zu verspotten, waren sie, die langen, zerfaserten Ränder des Risses, der von der Schulter bis zum Saum lief. Verwirrt schüttelte ich den Kopf und ging wieder ins Bett - und da sah ich es: auf meinem zweiten Kissen war der deutliche Abdruck eines Kopfes. Ich beugte mich darüber und atmete den schon so vertrauten Duft ein, als es zart an der Tür klopfte. Bevor ich noch antworten konnte, öffnete sich die Tür und Diane kam herein. Sie strahlte mich an. In den Händen hielt sie ein neues Nachthemd, das sie mir bedachtsam über den nackten Körper streifte. Sie beugte sich über mich und küßte meinen Mund. Wortlos verließ sie das Zimmer wieder, kam jedoch sogleich mit einem großen, vollbeladenen Tablett zurück. Und hinter ihr drein trottete Raoul, der die Servietten und einen Korb frisches Brot brachte! Beide lächelten mich verschmitzt an, und ich lachte selig. Die Sonne schien durch die Spitzenvorhänge; wir drei saßen zusammen auf meinem Bett und genossen unser Neujahrsfestmahl.

12. KAPITEL

Während des ganzen Januar verbrachten Diane und ich kaum je einige Stunden getrennt voneinander. An einem Morgen im frühen Februar - einem Morgen, der sich schon skandalös dem Mittag zuneigte - lagen wir in Dianes Bett. Plötzlich wurden wir durch scharfes Klopfen an der Tür ihres Salons aufgeschreckt. Diane hüllte ihren erhitzten Körper hastig in ein langes Gewand und ging ins Nebenzimmer, um die Türe zu öffnen. Lachend hörte ich zu, wie sie bei jedem Schritt unterdrückte Flüche ausstieß. Als sie nach fünf Minuten noch immer nicht zurück war, warf ich mir das seidene Laken des Bettes um und ging ihr nach: die Besucherin war niemand anders als Morgan, die mich ohne jedes Anzeichen der Überraschung begrüßte.

Sie schien eine schlimme Nachricht überbracht zu haben. - Alle Farbe war aus Dianes Gesicht gewichen, sie war aschfahl, blickte finster und ballte die Fäuste.

Ich blickte von ihr zu Morgan. "Was ist geschehen?" fragte ich. Morgan schenkte mir ein kurzes Lächeln und sagte, "Nichts worüber Sie sich Sorgen machen müßten, Mademoiselle."

Diane starrte vor sich hin. Ich drückte Morgans Hand und fragte wieder, "Was ist vorgefallen? Sagen Sie es mir! Ich weiß, es ist etwas Schreckliches geschehen!"

Diane drehte sich um, und als sie mich erblickte, in das weiße Laken gehüllt wie eine Mumie, lächelte sie matt. "Morgan, erkläre es ihr." sagte sie leise.

Morgan löste sich von mir, ging mit großen Schritten im Zimmer auf und ab und stieß dabei ihre Sätze hervor. "Yves Martin, der sich 'de Rochelle' nennt, ist aus dem Gefängnis entflohen. Eben erst habe ich es erfahren, doch der Schurke ist schon seit drei Tagen in Freiheit. Monsieur Jardinier, der Gendarm aus Pomme, hat Diane sogleich eine Nachricht geschickt, doch sie setzte mich eben davon in Kenntnis, daß sie sich in den letzten Wochen nicht die Mühe gemacht hat, ihre Post zu öffnen!" - Morgan lächelte mokant und blinzelte mir verschwörerisch zu. Dann fuhr sie fort, "Denise Dupont hörte es von einem der Mädchen, das es wiederum von seiner Mutter in Sol erfahren hat. Das Gefängnis liegt zwar ziemlich weit von hier entfernt, aber man hat Hinweise darauf, daß ein Mann, auf den die Beschreibung dieses Schurken Martin paßt, sich von dort in südlicher, also in unsrer Richtung bewegt. Ich habe Diane vorgeschlagen, auf die Ergreifung dieses Subjekts eine hohe Belohnung auszusetzen. Außerdem werden wir den Gendarmen bitten, im Umkreis des Besitzes Wachen aufzustellen, um Monsieur Martin-de Rochelle abzufangen, denn ich zweifle keinen Augenblick daran, daß er in den nächsten Tagen hier auftauchen wird."

Diane umarmte mich schnell und ging sich dann ankleiden. Während sie in ihren Reitanzug schlüpfte, sagte sie mir, sie werde mit Morgan in die Stadt reiten und alles Nötige mit Monsieur Jardinier besprechen. Sie versprach, rechtzeitig zum Diner wieder zurück zu sein und schärfte mir ein, daß Schloß unter keinen Umständen zu verlassen.

- Es macht mich immer ärgerlich, wenn man mir sagt, was ich tun oder lassen soll, und ich sah mürrisch zur Zimmerdecke auf. Zwar sah ich ein, daß sie wohl recht hatte, aber dennoch behagte mir ihre Anweisung nicht.

Als sie mein Gesicht sah, schnitt sie mir eine kleine Grimasse, und bat mich, "Kathleen, bleib bei Raoul, bitte."

Bevor sie ging, umarmte und küßte sie mich - und über ihre Schulter hinweg sah ich in Morgans lächelnde Augen. Ich wußte: wir dachten beide an ihre Prophezeiung aus dem letzten Sommer.

Ich versprach, im Schloß zu bleiben und darauf zu achten, daß Raoul das gleiche tat. Vom Fenster aus sah ich zu, wie Diane und Morgan davonritten. Dann kleidete ich mich schnell an und begab mich auf die Suche nach Raoul. - Wir hatten vor einigen Wochen seinen Unterricht für abgeschlossen erklärt - einmal, weil Diane und ich uns morgens einfach nicht voneinander trennen konnten, und zum andern, weil er wirklich eine Pause verdient hatte, bevor in sein Internat ging. Ich wußte also, daß ich ihn nicht im Schulzimmer finden würde.Im Eßzimmer entdeckte ich ihn.

"Darf ich Dir Gesellschaft leisten?" fragte ich fröhlich - zu fröhlich. Er runzelte die Stirn und fragte, "Was ist, Katty?"

"Gar nichts", log ich. Er schien sich damit nicht zufriedengeben zu wollen, und ich sprach schnell weiter, "Ich möchte Dir die Landkarten zeigen mit all den Orten die wir im nächsten Monat besuchen wollen!" Bei diesem Vorschlag spitzte er die Ohren. - Diane und ich wollten im März mit dem Söhnchen auf Reisen gehen. Zuerst würden wir die Farm meiner Großmutter in Irland besuchen. Danach wollten wir einige Wochen durch Schottland, Cornwall und Wales fahren und uns am Ende natürlich ganz London ansehen, bevor wir Raoul in seine Schule brachten. Raoul war über diese Reisepläne sehr aufgeregt. Vielleicht übertrieb er seine Begeisterung auch um meinetwillen ein wenig, weil er fühlte, daß ich über sein Fortgehen traurig war. Wir waren uns jedoch alle drei darin einig, daß diese Veränderung ihm guttun würde. Raoul wünschte sich die Gesellschaft von Gleichaltrigen. In den Ferien würde er nachhause kommen, und wir hatten beschlossen, diese Wochen zusammen zu genießen und uns in der Zwischenzeit "viele, viele Briefe" zu schreiben. Ich erinnerte mich nur zu gut an meine eigenen kindlichen Gefühle, als meine Eltern mich in der Klosterschule zurückgelassen hatten und mir fast niemals schrieben, und ich hatte geschworen, daß sich Raoul keinen Tag lang vergessen oder vernachlässigt vorkommen sollte, solange er auf der Schule war.

Nach dem Essen rannten wir hinauf ins Schulzimmer und verbrachten über eine Stunde damit, die Landkarten eifrig zu studieren, alle Orte aufzusuchen, die wir sehen wollten und über alle Sehenswürdigkeiten zu sprechen, die es dort gab. Danach schickte ich Raoul zum Mittagschlaf - ungeachtet seines Protests, daß er nun bald zur Schule gehen werde, folglich ein Erwachsener sei und auch so behandelt werden müsse.

"Deine Mutter und ich machen aber auch jeden Tag einen Mittagschlaf, und wir sind ganz erwachsen", erinnerte ich ihn. Diesem Argument hatte er nun nichts mehr entgegenzusetzen und stapfte grollend in sein Zimmer.

Eine Stunde später saß ich noch immer über den Karten. Plötzlich sprang die Tür auf und ein Mann stürzte herein. Er richtete einen Revolver auf mich und drohte, "Geben Sie keinen Laut von sich!"

Mein Herz krampfte sich zusammen vor Furcht. Ich sah seinen wahnsinnigen Blick und wußte, die Göttin der Vergeltung hatte mich eingeholt. - Der Mann sah sich mit blutunterlaufenen Augen im Schulzimmer um. "Ist noch jemand hier?" fragte er herrisch. Mit einer stummen Mischung von Wut und Grauen schüttelte ich den Kopf.

Da die Tür kein Schloß besaß, stellte er einen Stuhl unter die Klinke. Dann setzte er sich mir gegenüber an den Tisch und schob mir ein leeres Stück Papier hin. "Schreiben Sie, Mademoiselle. Schreiben Sie eine Nachricht!" - Er sprach in einem krächzenden Flüsterton, der furchtbarer war als Löwengebrüll. "Wir werden ihr die Nachricht in der Bibliothek hinterlassen. Sie sehen, ich kenne ihre Gewohnheiten. - Eine Nachricht für diese Hexe, diese Dalila, dieses Halbweib!" Seine Augen quollen ihm aus den Höhlen, als er diese Beschimpfungen gegen meine Liebste ausspie. - Ich packte den Rand des Tisches, wollte ihn aufheben und ihm an den Kopf werfen - doch leider war der Tisch am Boden festgeschraubt und rührte sich nicht.

Er schien meine Anstrengungen nicht zu bemerken und sprach weiter, "Schreiben Sie ungefähr so: 'Ich erbitte Ihre Gesellschaft im Cottage im Wald. Bitte beeilen Sie sich. Und kommen Sie unbedingt allein!' Und dann setzen Sie Ihren Namen darunter."

Meine Augen weiteten sich vor Entsetzen, als ich seinen dämonischen Plan hörte: "Wenn ich sie erst dort habe, wo niemand ihre Schreie hören kann, dann . . . nun, ich weiß noch nicht genau, welche Mittel ich anwenden werde. Aber ich werde bekommen, was ich will!"

"Und was wollen Sie?" fragte ich mit zusammengebissenen Zähnen.

"Nur was mir zusteht, Mademoiselle: meinen Titel, mein Land, mein Geld, meine Ehre. Ich bin der rechtmäßige Erbe all dessen!" - Gleich darauf schien er seine Mitteilsamkeit jedoch schon zu bereuen und sah mich mit wilden Augen an. Er hielt mir das Papier hin. "Und jetzt schreiben Sie!" befahl er.

"Nein!" Ich spuckte das Wort aus, buchstäblich. - Einen Moment lang hatte ich die Befriedigung, meinen Speichel an seiner Hand herabrinnen zu sehen.

"Mademoiselle", sagte er in seinem gefährlichen Flüsterton, "Sie scheinen den Ernst Ihrer Lage zu verkennen." Er zog ein seidenes Taschentuch hervor und trocknete seine Hand. Dann zischte er, "Sie scheinen nicht ganz zu verstehen, in welcher Gefahr Sie schweben." Er spielte mit dem Revolver. "Wenn Sie vernünftig sind, wird Ihnen nichts geschehen - Ihnen und dem Kind." Ich schauderte, als er Raoul erwähnte. Er fuhr fort, "Ich werde den Weibsteufel zwingen, mir Besitz und Titel zu überschreiben, und dann . . . will ich alle früheren Ungerechtigkeiten vergeben und vergessen."

Ich versuchte, Zeit zu gewinnen, suchte erst umständlich nach einer Feder, dann nach der Tinte und überlegte dabei fieberhaft, wie ich Diane in meiner Nachricht ein Zeichen geben konnte, das sie erkennen ließ, in welcher Gefahr wir alle uns befanden. Als ich den Brief schrieb, war mir bewußt, daß wir alle sterben würden, wenn mein Schachzug seine Wirkung verfehlte, denn entgegen seinen aalglatten Versicherungen, Raoul und mich zu schonen, wenn wir ihm gehorchten, wußte ich: dieser Wahnsinnige war außer sich und plante, uns alle dort mitten im Wald zu ermorden, wo es keine Zeugen gab und wo niemand unsere Todesschreie hören würde. Mit äußerster Anstrengung zwang ich mich, gleichgültig zu erscheinen, doch meine Hand zitterte, als ich schrieb:

> Madame la Marquise,
> Bitte kommen Sie zu mir in das
> Cottage im Wald. Allein. Es ist
> sehr wichtig!
>
> Katleen Torn

Als ich fertig war, unterdrückte ich einen Seufzer der Erleichterung. - Ich w u ß t e , Diane würde erkennen, daß irgend etwas Gefährliches vorging, wenn sie entdeckte, daß in meinem Vor- und Nachnamen beide Male das 'h' ausgelassen war!

Yves Martin las die kurze Nachricht und schob sie über den Tisch zurück. "Gut", krächzte er, "aber streichen Sie das da aus."

"Was?" fragte ich, und das Herz klopfte mir bis zum Hals.

"Das da, 'la Marquise' - sie ist eine Hochstaplerin, eine Betrügerin. Streichen Sie es durch!" rief er wütend.

Innerlich triumphierend zog ich einen dicken Tintenstrich durch die beiden Wörter. Nun blieb nur 'Madame' übrig - und nun hatte ich keinen Zweifel mehr daran, daß Diane die Gefahr sogleich wittern würde.

Der wahnsinnige Martin kicherte glücklich. "Holen Sie jetzt den Jungen, machen Sie schnell! Und sagen Sie ihm: ein Laut, und Sie sind beide tot."

Ich weckte Raoul und erklärte dem schläfrigen Kind, er müsse ganz leise sein und alles tun, was der seltsame junge Mann von uns verlangte. Raouls große, runde Augen verrieten mir, daß er den Ernst der Situation sehr wohl erfaßte. Er ging leise neben mir die Treppe hinunter. Ich fühlte den Revolver immer auf meinen Rücken gerichtet. Vor der Tür der Bibliothek zögerte ich, doch als Yves Martin die Waffe an Raouls Schläfe drückte, schob ich den Brief an Diane schnell unter der Tür hindurch. - Wie wir dann durch den Wald zum Cottage gelangten, wußte ich später nicht mehr zu sagen.

Als wir in Morgans Haus angekommen waren, verriegelte Martin die Tür und befahl uns, stillzusitzen, damit er uns nicht fesseln müsse. Meine Augen leuchteten auf, und ich dachte fieberhaft über einen Fluchtplan nach. - Er schien das zu bemerken, denn er überlegte es sich anders. "Warten Sie", sagte er, "vielleicht sollte ich vorsichtiger sein." Er wühlte in Morgans Schränken und Laden, bis er ein Bündel langer, bunter Tücher fand: Morgans Turbane. Damit fesselte er uns jetzt mit Händen und Füßen an unsere Stühle und knebelte uns.

"Ich werde Euch nicht die Augen verbinden", sagte er mit gespielter Großzügigkeit. "Ich werde Euch nicht die Augen verbinden, denn . . . Augen können nicht sprechen!" Er kicherte laut über seinen verrückten Scherz, und ich glaubte wahnsinnig zu werden, als ich dasaß und das träge Ticken der Uhr hinter mir hörte. Krampfhaft überlegte ich, wieviele Stunden wohl schon vergangen waren, seit Diane und Morgan davongeritten waren. Ich fragte mich, ob vielleicht irgend jemand beobachtet hatte, wie wir das Schloß verließen, doch dann fiel mir ein, daß heute Mittwoch war, der Tag, an dem fast alle Bediensteten des Schlosses zum Markt nach Pomme gingen. - Das erklärte auch, wie Martin so leicht ins Schloß hatte eindringen können.

Ich schloß die Augen und stellte mir vor, wie Diane zurückkehrte und in der Bibliothek meine Nachricht fand. Plötzlich überkam mich ein Entsetzen bei dem Gedanken, sie könnte mein Briefchen am Ende als kokette Einladung mißverstehen! Sie würde zu Morgans Haus eilen und einen gänzlich anderen Empfang erwarten als jenen gräßlichen, den Yves Martin ihr zu bereiten gedachte. -

Martin legte seinen Revolver auf den Tisch. Er schien ungeduldig zu werden. Erst sang er rauh vor sich hin, dann unterbrach er sich und durchwühlte wiederum Morgans Schränke. Mich überfiel ein Grauen, als ich ihm zusah.

Plötzlich greinte er, "Ich will etwas zu essen! Ich will, ich will etwas zu essen!", und ich fragte mich, welch widerwärtiger Kopulation diese Kreatur wohl entsprungen sein mochte.

Raoul saß kerzengerade auf seinem Stuhl, und ich wußte, er versuchte, für mich ebenso tapfer zu sein, wie ich für ihn.

Martin hatte ein großes Feuer im Kamin entfacht. Jetzt warf er die Gefäße mit Mehl und Weizenschrot zu Boden. "Keine Süßigkeiten, keine Kuchen!", murrte er laut. - Wenn es nur um mein eigenes Leben gegangen wäre, hätte ich mich mitsamt meinem Stuhl gegen ihn geworfen und ihn ins Feuer gestoßen, als er sich darüberbeugte. Auch Raouls Augen folgten wachsam den Bewegungen unseres Kerkermeisters.

Yves Martin schienen einen Abscheu vor Schmutz zu haben: als er den Kessel über das Feuer gehängt hatte, blickte er finster auf den Ruß, der an seinen Fingern haften geblieben war. Dann spähte er zu mir herüber, und ich sah an seinen Augen, daß ihm plötzlich andere Vorstellungen durch den Kopf gingen. Ich schrie innerlich auf. Er kam, band mich los und befahl heiser, "Kochen Sie mir etwas Süßes!" Meine Beine waren durch die Fesselung taub geworden; ich strauchelte fast, als ich aufstand. Ich rieb meine roten Handgelenke, in denen das Blut schmerzhaft pulsierte und dachte darüber nach, wie ich Martin überlisten konnte, ohne Raouls Leben zu gefährden.

"Ich werde Ihnen einen Tee mit viel Zucker bereiten", sagte ich schließlich und starrte auf die grünen Gefäße, in denen Morgan ihre Kräuter aufbewahrte. Ich öffnete eines davon und gab sechs Blättchen in einen Becher. - Morgans Warnung klang mir im Ohr: "Ein Blättchen gegen Krämpfe, zwei zum Schlafen. Niemals mehr!"

Martin hielt meine Hand fest. "Lassen Sie mich daran riechen", sagte er mißtrauisch. Ich hielt ihm das Gefäß unter die Nase. "Hmm", brummte er, "lassen Sie mich an einem anderen riechen!"

Ich öffnete das Gefäß mit dem übelriechendsten Kraut, welches Morgan besaß. Er rümpfte die Nase. "Gut. Ich will von dem ersten. Sehr stark und mit viel Zucker!"

Welch glücklicher Umstand, daß Morgan für ihre Gäste Zucker bereithielt! Ich gab einen weiteren großen Löffel Blätter in den Becher, warf mehrere Löffel Zucker hinein und rührte alles gut um. Martin trank gierig einen Schluck und verbrannte sich den Mund. Während er nun nur mehr vorsichtig nippte, saß ich auf meinem Stuhl und betete, der Tee möge seine Wirkung tun, bevor Diane kam. - Er hatte den Becher erst halb geleert, als ihm schon die Augen zufielen und sich sein Griff um den Revolver lockerte. In dem Augenblick, da seine getrübten Augen einen letzten Ausdruck von Begreifen annahmen, fiel ihm die Waffe aus der Hand und glitt über den Fußboden. Eine Sekunde lang starrte er mich mit aller Gehässigkeit an, deren er noch fähig war; dann fiel sein Kopf dumpf auf die Tischplatte.

Ich hob den Revolver auf und steckte ihn in den Bund meines Rockes, um für alle Fälle gerüstet zu sein. Doch Martin rührte sich nicht mehr. Er lag entweder in einer tiefen Ohnmacht, oder er war tot, - und es war mir herzlich gleichgültig, welche der beiden Möglichkeiten zutraf. Ichband Raoul los und umarmte ihn ganz fest. Wir hielten uns noch immer umschlungen, als ich plötzlich jemandes Blick im Rücken spürte: ich drehte mich um und sah Morgan durchs Fenster spähen; Denise Dupont stand neben ihr.

"Dem Himmel sei Dank", flüsterte ich heiser. Ich nahm Raoul auf die Arme und trat hinaus. Diane rannte auf uns zu. Sie umschlang uns beide und unterdrückte mühsam ein Schluchzen, als sie ausrief, "Oh Gott, seid Ihr verletzt? Sag mir, seid Ihr verletzt?" Wieder und wieder streichelte sie uns und sah uns besorgt prüfend an. Ich hatte das Gefühl, von meinem Körper abgeschnitten zu sein. Wie durch einen Nebel bemerkte ich den Gendarmen und seine Leute, die jetzt aus den Büschen am Waldrand hervorkamen.

Diane hielt uns noch immer umarmt. Ich trat einen Schritt zurück, stellte Raoul auf die Füße und nahm den Revolver aus dem Rockbund. Ich warf die Waffe zu Boden. "Er ist dort drinnen", sagte ich zu Morgan und Denise. Wir gingen mit dem Gendarmen hinein. Morgan lächelte, als sie den halbleeren Becher erspähte und daran roch. "Nehmen Sie den Mann mit", sagte sie grimmig zu Monsieur Jardinier und wir traten beiseite, als einige bewaffnete Männer den ohnmächtigen Schurken aufhoben und wegtrugen.

Morgan erklärte dem verdutzten Gendarmen die Wirkung des Tees und sagte ihm, es könne Tage dauern, bis er wieder zu Bewußtsein käme. - Insgeheim wußten wir jedoch beide, daß sein Wiedererwachen nach dieser Dosis des Krauts höchst unwahrscheinlich war.

Morgan und Denise blieben danach im Cottage, um die Verwüstungen zu beseitigen, die der Verbrecher angerichtet hatte. Wie aus weiter Ferne hörte ich, daß Diane mit ihnen sprach und sie bat, abends ins Schloß zu kommen, wo wir beim Diner über das Vorgefallene reden wollten. Diane hüllte Raoul und mich in warme Umhänge, und er führte unsere kleine Prozession an, als wir durch den Wald zurückgingen. - Das schreckliche - und nun überstandene - Abenteuer schien seine Lebensgeister aufs Äußerste angeregt zu haben: er hüpfte munter vor uns her. Ich jedoch war erschöpft und schwermütig. Diane hielt mich bei der Hand, und ich trottete benommen neben ihr.

13. KAPITEL

Als wir heimkehrten, waren sämtliche Bewohner des Schlosses in der Eingangshalle versammelt - von Herzen froh, uns unversehrt wiederzusehen und sehr begierig, alles über die Gefangennahme Yves Martins zu erfahren. Nach einem kurzen Bericht über unser scheußliches Erlebnis übergab Diane ihren noch immer von überschäumender Energie erfüllten Sohn seiner Nurse und wollte sich mit mir zurückziehen. Doch als wir eben die Treppe hinaufgingen, rief uns Danielle nach, "Oh, bitte warten Sie! Ich habe vergessen, Ihnen zu sagen, daß zwei Nonnen gekommen sind. Sie warten seit Stunden in der Bibliothek. Ich habe ihnen Erfrischungen gereicht."

Diane hob die Augenbrauen und sah mich fragend an. Ich flüsterte ihr zu, daß ich auch nicht wußte, was die Anwesenheit der Klosterfrauen zu bedeuten hatte und fragte Danielle, "Seit wann sind sie hier?"

"Sie kamen am Nachmittag", antwortete sie.

"Nun, Kathleen", fragte Diane, "soll ich Dich begleiten?"

"Oh, natürlich", rief ich dankbar aus. Ich nahm ihre Hand, und wir gingen zur Bibliothek hinunter. Der feste Druck ihrer Finger war mir in meiner Nervosität sehr tröstlich. Ich zermarterte mir das Hirn, um herauszufinden, was die Nonnen im Schloß wollten. Noch hatte ich nicht ans Kloster geschrieben, um mitzuteilen, daß ich nicht zurückkehren würde. - Hatte Soeur Marie Claire meinen Entschluß vielleicht geahnt und wollte mich nun überreden, die Gesellschaft der verrufenen Marquise wieder aufzugeben? Unzählige Fragen huschten mir durch den Sinn, doch da traten wir schon in die Bibliothek

Es waren Soeur Marie Anne und Soeur Berthe Marie. Sie hatten es sich in denselben großen Sesseln bequem gemacht, die sie auch bei unserem ersten Besuch vor so vielen Monaten innegehabt hatten. Ihre Begrüßung klang sehr merkwürdig, aber ich konnte nicht recht sagen, woran das lag. Die beiden kleinen, rundlichen Frauen machten einen halbherzigen Versuch, von ihren Sitzen aufzustehen, doch Diane bat sie, Platz zu behalten. Sie setzte sich hinter ihren Schreibtisch, und ich zog es vor, stehenzubleiben.

"Was führt Sie her", fragte ich kurz und wunderte mich über die unverhüllte Irritation in meiner Stimme.

Soeur Berthe Marie, die ältere und rundere der beiden, lächelte breit, "Nun, wir sind gekommen, um Dich wieder mitzunehmen." -Ungläubig starrte ich in die freundlichen Gesichter der Nonnen. Als ich mich zu Diane umwandte, wies sie mich mit einem Nicken auf zwei fast leere Weinflaschen hin, die inmitten einiger Kuchenkrümel auf dem Tisch standen. Nun begriff ich, woher die seltsame Begrüßung rührte und warum Soeur Berthe Maries Stimme so dumpf klang, als sie sich bemühte, ihren Auftrag in Worte zu fassen.

Ich kicherte leise in mich hinein und erhaschte Dianes amüsierten Blick: die Nonnen hatten offenbar so viel getrunken, daß sie nicht mehr ganz bei Sinnen waren! "Es tut mir leid", sagte ich fest, "aber ich habe mich entschlossen, hier zu bleiben. Ich habe eine Erbschaft gemacht, welche mich in die Lage versetzt, meine Arbeit aufzugeben. Raoul de Rochelle wird, wie es beabsichtigt war, in England die Schule besuchen, und ich werde weiter im Schloß wohnen, als . . . als Gesellschafterin der Marquise."

"Oder als Gouvernante der Marquise??" murmelte Diane vor sich hin. In gespieltem Ärger warf ich ihren einen finsteren Blick zu - worauf sie mich strahlend anlächelte.

Schließlich nahm sich Soeur Berthe Marie mühsam zusammen und stieß hervor, "Aber . . . aber Sie haben doch an Soeur Marie Claire geschrieben und sie gebeten, Mademoiselle Torn abholen zu lassen!" Anklagend blickte sie auf Diane.

Eine Sekunde lang erschrak ich, schämte mich dessen jedoch sogleich, als Diane auffuhr und ärgerlich rief, "Wann soll ich das geschrieben haben?"

"Soeur Marie Claire erhielt vor drei Tagen einen Brief von Ihnen, in dem Sie baten, Madmoiselle Torn so bald wie möglich abzuholen, da Sie für ihre Dienste keine Verwendung mehr hätten." Soeur Berthe Marie sah hilfesuchend ihre Freundin an, und Soeur Marie Anne nickte beschwipst.

"Oh, zum Teufel! Verflucht sei diese Frau!!" Diane schlug mit der Faust auf den Tisch, und wir drei Klosterzöglinge zuckten bei ihrer lästerlichen Verwünschung heftig zusammen.

"Barbara?" fragte ich meine wütend vor sich hinstarrende Liebste. Sie nickte stumm und umklammerte den kristallenen Briefbeschwerer so eisern, daß ich fürchtete, er würde zerbrechen.

Schließlich gewann sie ihre Fassung wieder und sagte mit ruhiger Stimme, "Verzeihen Sie. Wir alle sind Opfer einer Person geworden, die uns einen albernen Streich gespielt hat. Ich habe diesen Brief nicht geschrieben, obwohl ich Ihnen selbstverständlich glaube, daß Sie ein solches Schreiben erhalten haben. Doch für dieses Mißverständnis ist jemand anders verantwortlich zu machen."

"Aber der Brief war auf Ihrem Briefpapier geschrieben!" rief Soeur Marie Anne.

"Das bezweifle ich nicht", murmelte Diane. "Und doch habe ich ihn nicht geschrieben. Wie könnte ich jemals wünschen, daß Kathleen mich verließe." Ihre dunklen Augen flammten vor Leidenschaft, als ich durch das Zimmer zu ihr hinüberging. Ich lehnte mich an ihren Stuhl und streichelte ihr Haar.

Es klopfte an der Tür, und Morgan trat mit Denise ein. Morgans Blick erfaßte die Situation sofort; sie sah die leeren Weinflaschen, bemerkte die schlaffe Haltung unserer Besucherinnen und lächelte uns strahlend an. Denise fragte ängstlich, "Stören wir?"

"Oh, nein!" versicherte ich. Dann wandte ich mich den Nonnen zu und sagte, "Es ist viel zu spät für sie, sich jetzt noch auf den Rückweg zum Kloster zu begeben. Wollen Sie nicht mit uns essen und über Nacht bleiben?"

"Ja", fügte Diane hinzu, "ich werde zwei Schlafzimmer für Sie herrichten lassen."

Soeur Berthe Marie erhob sich mühsam und half Soeur Marie Anne auf die Füße. Dann sagte sie, "Wir danken Ihnen. Hungrig sind wir nicht, jedoch sehr, sehr müde."
Sie räusperte sich, und beide Nonnen starrten eindringlich auf die verschlungenen Muster des Teppichs. Schließlich gestand Soeur Marie Anne, "Ich glaube nicht, daß wir zwei Schlafzimmer brauchen. Es lohnt die Mühe nicht - da wir uns doch nur zu gern eines teilen würden."

Heimlich lachend drückte Diane meine Hand, und ich sah, wie Morgan Denise Dupont zuzwinkerte. Schließlich durchbrach Denise das Schweigen und sagte, sie werde hinaufgehen, um den Mädchen die nötigen Anweisungen zu geben. Als sie den Raum verlassen hatte, erinnerte sich Morgan an die Gebote der Höflichkeit und stellte sich den Nonnen vor. Soeur Berthe Marie fragte erstaunt, "Aber wo sind Sie geboren? Morgan ist kein französischer Name."

Morgan schüttelte matt den Kopf. "Nein. Ich bin Ungarin. In meiner Jugend reiste ich nach England und entdeckte meine

Liebe zu den dortigen Volksbräuchen. Da mein ursprünglicher Name sogar für mich selbst schwer auszusprechen war, änderte ich ihn in Morgan." Sie seufzte, und es war offenkundig, daß sie wenig Lust verspürte, gerade jetzt mit zwei beschwipsten und neugierigen Nonnen über ihr Leben zu plaudern. Sie wandte sich an Diane und mich. "Auch Denise und ich sind nicht hungrig und haben die Absicht, dem Beispiel der guten Klosterfrauen zu folgen und uns zurückzuziehen. Die Ereignisse des heutigen Tages waren wirklich sehr ermüdend."

In diesem Augenblick trat Denise wieder ein und verkündete, das Gästezimmer sei bereit. Ich sagte den vier Frauen gute Nacht und küßte sie auf die Wange. Nachdem sie gegangen waren, küßte ich Diane - und dieses zärtliche Spiel belebte mich wieder.

"Wollen wir auch auf das Diner verzichten und stattdessen Schach spielen?" fragte sie zwischen zwei Küssen.

"Ja", flüsterte ich, "das könnten wir tun. Wir könnten auch unsere Decken und Kissen herunterholen und uns vor dem Kamin ein Lager bereiten. Dieser Raum bedeutet mir sehr viel, weißt Du. Er erinnert mich immer an jenen ersten Tag, als Soeur Berthe Marie und Soeur Marie Anne hier ihren Wein tranken, während ich mich an Deiner Schönheit berauschte."

Wir eilten hinauf, nahmen alle Kissen und Decken, die wir finden konnten und breiteten sie vor dem Feuer in der Bibliothek aus. Diane füllte zwei Gläser mit Wein und versuchte, mich für das Schachspiel zu interessieren. Ich jedoch blickte sehnsüchtig nach dem weichen Lager vor dem Kamin und schob die Figuren gedankenlos über das Brett. Ich sann über Dianes Augen nach, die dunkler waren als die schwarzen Elfenbeinfiguren und doch leuchtender als der Mond, der durch das Fenster hereinschien.

Auch der Wein übte eine seltsame Wirkung auf mich aus. Diane füllte unsere Gläser zum zweitenmal, und mich überkam ein Gefühl von Weichheit und Verlangsamung. Ich streckte die Hand aus und strich über eine unsichtbare Narbe auf Dianes Wange. Sie biß ganz leicht in meine Hand - und ich schmolz dahin. Ihre Augen hielten die meinen fest, unergründlich dunkel, sinnend und fragend. Sie leckte den Schweiß auf meiner Handfläche und zwischen meinen Fingern ab, und ich schrie leise auf, als sie wiederum in meine Hand biß. Diesmal war ihr Biß nicht schmerzlos, doch - welch süßer Schmerz war das! Jede Faser meines Körpers spannte sich an vor Verlangen.

Ich weiß nicht mehr, welche von uns zuerst aufstand oder

durch wessen heftige Bewegung das Schachbrett umstürzte und mitsamt den Figuren klappernd zu Boden fiel. Plötzlich hielten wir uns in den Armen und taumelten auf unser Lager zu. Meine Finger glitten durch ihre dunklen Locken; ich küßte ihren schönen Hals und grub zart meine Zähne hinein. Sie umfing mich, zog mich hart an sich, und wir tranken unsere Küsse in tiefen Zügen. - Nicht einmal unsere erste Nacht hatte mich die wilde Heftigkeit unseres steigenden Begehrens ahnen lassen. Mit vor Ungeduld fliegenden Händen zerrten wir an unseren Kleidern, die unsere brennenden Leiber voneinander trennten. Endlich lagen wir Haut an Haut, bewegten uns enger und enger umschlungen; unsere Glieder verwoben sich ineinander und wirkten einen Teppich der Liebe.

Später, als wir uns erschöpft in den Armen lagen, erinnerte ich mich an eine Frage, die ich ihr schon lange hatte stellen wollen: "Worüber habt Ihr damals gestritten, Du und Morgan, hier vor dieser Tür?" - Diane sah mich verständnislos und schläfrig an, darum führte ich aus, "Eines Nachts im letzten Sommer ging ich die Treppe hinunter. Da sah ich Dich und Morgan aus der Bibliothek kommen. Ihr schient einen Streit miteinander zu haben."

Zum ersten Mal seit ich sie kannte, hatte ich das göttliche Vergnügen, Diane de Rochelle erröten zu sehen! Ihr Gesicht nahm wahrhaftig die Farbe der Feuerglut an, als sie antwortete, "Ich erinnere mich; es war an jenem Abend, als wir nach dem Diner nicht mehr dazu kamen, Schach zu spielen. - In dieser Nacht suchte mich Morgan auf und beschwor mich, Dich nicht zu verführen. Sie nahm mir das Versprechen ab, ehrenhaft zu bleiben und zuerst Barbara die Wandlung meiner Gefühle zu offenbaren, ehe ich mich aufs neue verliebte."

Bei der Vorstellung, daß sie mich schon so viele Monate lang begehrt hatte, lief mir ein Schauer der Erregung durchs Blut. Ich flüsterte ihr zu, wie sehr mich ihre Worte mit Stolz und Frohlocken erfüllten.

"Oh", sagte sie gedehnt, "ich wußte schon im ersten Augenblick als ich Dich sah, daß ich mich in Dich verlieben würde. - Darum wollte ich Dich von Morgan fernhalten, weil ich fürchtete, sie würde Dich vor mir warnen. Willst Du mir verzeihen?"

Diese Enthüllungen mußten freilich mit vielen Küssen besiegelt werden! Schließlich sagte ich, "Welch ein Glück, daß ich mich nicht mit Gott verheiratet habe!"

Diane richtete sich auf, stützte sich auf den Ellenbogen,

schmiegte das Kinn in die Handfläche und sah mich an. Ihre Augen waren schmal, doch das Lachen zitterte in ihrer Stimme, als sie mich spottend fragte, "Wie kommst Du darauf, daß es nicht so ist?"

Ihre Respektlosigkeit und ihre Arroganz entzückten mich - wie immer! Ich warf ein Kissen nach ihr; sie fing es in der Luft auf, und so begann einer jener Kämpfe, die sich später noch oft wiederholen sollten. Als wir uns ausgetobt hatten, zupften wir uns gegenseitig die Daunenfedern aus den Haaren und brachen in haltloses Gelächter aus, als Diane bemerkte, wir sähen zwei Äffinnen nicht ganz unähnlich, die einander nach Läusen absuchten.

"Marquise Diane de Rochelle"; sagte ich in meinem geziertesten Gouvernantenton, "Sie sind eine schlimme, schlimme Frau!"

Ihre Augen fingen Feuer an den meinen, als sie mich zu sich herunterzog und mit ihrer tiefen, verführerischen Stimme fragte, "Und was, bitte, bist Du, ma chère?"

ENDE